to

fiction

to 29

底層的珍珠

Perlička na dně

作者：博胡米爾．赫拉巴爾（Bohumil Hrabal）
譯者：萬世榮
本書翻譯由中國青年出版社授權
責任編輯：沈子銓
校對：呂佳真
封面設計：簡廷昇
內文排版：宸遠彩藝
印務統籌：大製造股份有限公司
出版者：大塊文化出版股份有限公司
台北市 10550 南京東路四段 25 號 11 樓
www.locuspublishing.com
讀者服務專線：0800-006689
TEL：(02)8712-3898　FAX：(02)8712-3897
郵撥帳號：18955675　戶名：大塊文化出版股份有限公司
法律顧問：董安丹律師、顧慕堯律師

總經銷：大和書報圖書股份有限公司
地址：新北市 24890 新莊區五工五路 2 號
TEL：(02)8990-2588　FAX：(02)2290-1658

初版一刷：2003 年 11 月
二版一刷：2024 年 5 月
二版二刷：2024 年 12 月
定價：新台幣 320 元
ISBN：978-626-7388-87-7

底層的珍珠

Perlička na dně

作者
博胡米爾・赫拉巴爾
Bohumil Hrabal

譯者
萬世榮

目錄

作者前言

許多年以前，當我看清了我內心所嚮往的方向時，我就朝著那充滿友誼的世界走去，加固鐵軌下面的道碴、當車站值班員、推銷人壽保險、做商務代表、當鋼鐵廠工人、包捆廢紙、當舞臺布景工。做這些事，我只是為了和周圍的環境和人們和在一起，偶爾體驗一下震撼人心的事件，觀察人們心靈深處的顆顆珍珠。從那個時候起，我就愛著那些人，和他們息息相通，與他們開心大笑。從那個時候起，我就明白，我所愛的人們，寧可做粗獷豪放的漢子和引人發笑的小丑，而不情願以一種靦腆而端莊的姿態去表達他們的感情。可我就是心甘情願與這樣的人一道勞動和生活！他們當中有些人，為了瞬息的意念或對事件的看法，會突然撕開襯衣，把他們的心胸袒露在我面前。在他們的心上，我看到了用鑽石鐫刻的哲學家們所思考的東西。所以，我喜歡人多的地方。在那裡，人們用母語交談，創造新的詞彙，使行話俚語更精確，還編造新的神話故事。在那裡，人們相互聊天發問：你是誰，想做一個什麼樣的人。熟悉他們的人就知道，那不是隨意閒聊，而是從嘴裡流淌出來的、讓大家相互理解和保持平衡的思想。有的人在他們之中只生活過剎那，可有的人終生圍繞著他們轉，也還難以深入到他們的心靈深處。我卻最喜歡這種人，他們也最需要我，可我們哪知道，有朝一日，這種小丑式的粗野漢子會不會面臨充滿魅力的質的巨變呢？

晚間培訓

在瓦倫丁街和維勒斯拉文街交會處，我已經在一個寂靜的角落裡站了一會兒。隨後，一輛摩托車從馬里揚斯克廣場拐彎朝我開過來。那是一臺亞瓦「二五〇，有兩個車座。師傅輕鬆自如地坐在後面，用僵硬的手指掏出香菸，在點燃它之前用責備的神情瞪了他的學生一眼。學生坐在司機位上，使勁用腳踏著空檔。

「您還沒到位，還沒有，現在也沒有！」師傅嘟囔著，叼在嘴裡的香菸在晃動。「喏，今天您表現得不怎麼樣。在這些十字路口上是很危險的！熄燈！馬上跟我說說十字路口的交通規則！」

「是，沃什吉克先生！」年輕人說著，摸摸他那犯人一樣的頭髮。「我是從一月分開始的培訓，今天都九月分了。我腦袋瓜死得很，我心裡明白，可就是不會講。」

「可您還得考試啊，您得好好趕一趕。他媽的！我說什麼也得教會您呀！下午一下班就來！帶上行車規章，把它學會，行不行？」

「行，行，可是我一到這兒，就想睡覺。」

「那就睡吧，先睡個夠。可您總會醒吧？等您醒了，帶著規章。讀一讀！媽的，這總共才不過幾頁紙嘛！平時您醒來之後做些什麼？」

「看書……現在我有一本書，精采極了！名叫《喪盡人性的克瓦茨大夫和美麗的札諾娜》，您一定會很喜歡的。要是想看，我給您帶來……」

「算了吧，不用了。我情緒很好。您去讀那漂亮的札諾娜吧！可晚上您……有空吧？」

「嗯……晚上恰恰不成，我有女朋友。沃什吉克先生，就像您有輛小卡車一樣，我們有輛騎舊了的摩托車，倒不怎麼難騎，有閥門，凸輪軸不賴，車輪也行。我們一起騎到薩札瓦河邊的時候，小夥子們見了都有點眼紅呢！」

「您還沒通過考試就已經騎車到處跑起來了！真該感謝上帝。」

「沃什吉克先生，那我該怎麼辦？從一月分開始，我就上駕校培訓，可新摩托車放在車棚裡，直到七月分，我都忍著沒騎，只有在星期天家裡一個人也沒有的時候，我才從房間裡取出一面大鏡子，把它搬到院子裡。我穿上漂亮的衣服，騎上摩托車，對著鏡子，不停地轉來轉去。我發現我這有多帥！我望著鏡中的自己，實在按捺不住了，便騎著它往外跑。跟您說實話，我馬上被弄得暈頭轉向。前面跑的是些什麼車，我可是稀里糊塗一概不知道。」

1　編註：亞瓦（Jawa），一九二九年於捷克斯洛伐克的布拉格創立的摩托車、輕便摩托車品牌。（未標示編註之註釋皆為譯註。）

「夠了，夠了！您囉嗦得我也聽膩了。就算您還會剎車吧……等您約會完了之後，家裡也安靜下來了，就讀讀那些規章！深夜裡您在家裡還有什麼別的事好做？」

「這個時候我精神才好呢！我總要丁鈴噹啷弄點兒響聲出來。我聽米尤里克和盧森堡電臺、聽黑人大喊大叫、還聽電子音樂、電吉他、小號、大提琴和鋼琴，不過都是些流行歌曲。找個晚上，您去我們那兒，聽聽歌星賓・克羅斯比和葛麗絲・凱莉的歌唱，聽聽黑人厄莎・凱特和路易・阿姆斯壯的唱腔，會一直聽得您心碎的[2]！」

「夠了，我菸也抽完了，夠了。說不定哪天我會和您一道去薩札瓦河，也可能上您那兒聽幾段像樣的爵士樂。可現在我還是您的老師，星期六我們還要上最後兩小時的課。您在轉動車鑰匙之前，一定得給我背一遍十字路口的全部交通規則。不然，我是不敢坐在您後面的。我相信，您會騎得不錯的……您沒有戴安全帽，是做什麼工作的？」

「圖書管理員。」

「好，把上課證明給我。但要照我說的，記住那些規則！現在我說話要算數的……」

「那我就死記硬背吧，沃什吉克先生。為了您，我一定背熟它，只要不弄得我頭疼，一定給您從頭到尾全背下來。謝謝您，晚安！」

「晚安，淘氣鬼！」師傅小聲說著，隨即瞅了我一眼。「您是赫拉巴爾，對吧？您也有輛摩托車？」

「有，沃什吉克先生。」

「可您的頭髮已經有點灰白了，怎麼這麼晚才想起摩托車來？」

「沃什吉克先生，有什麼辦法呢，我的腿不大聽使喚了，可我又喜歡到處看看，於是就想起了摩托車。騎著它，穿過田間小道，到樹林裡，順著河邊走走，能聞到割了蘆草的清香味。」

「啊，這個想法不錯。可是我還得再抽根菸。我覺得有點兒冷……這麼說來，您當真沒有騎過摩托車？」

「騎過，和爸爸一起，不過我總是坐在後面，從小就是這樣。我們騎的頭一輛摩托車是

2 編註：賓·克羅斯比（Bing Crosby），美國歌手、演員，演藝生涯長達半個世紀，為二十世紀最重要的人物之一。葛麗絲·凱莉（Grace Kelly），美國電影女演員、慈善家，於一九五六年成為摩納哥王妃。厄莎·凱特（Eartha Kitt），美國歌手、演員、舞蹈家、喜劇演員，以她獨特的歌唱風格聞名。路易·阿姆斯壯（Louis Armstrong），美國爵士歌手、小號手，為二十世紀最著名的爵士樂音樂家之一，有「爵士樂之父」的尊稱。

勞林牌[3]的，騎得可歡樂了。我們還在車後面還加掛了輛小拖車，這樣，媽媽和弟弟也能坐上去。我們騎著它跑過好多次，後來出了毛病。我們和爸爸已經沒有力氣折騰它了。」

「您知道嗎，赫拉巴爾，這種車我已經一點兒也記不得了……但您還要去考試啊……為什麼要使用潤滑油？」

「潤滑油有黏性。」

「好。那麼，活塞的用途是什麼？」

「調整汽缸容量和燃燒室空間的比例。」

「對，這樣回答更好。不過您一定會記起來的。那些一竅不通，能說會道的傢伙，騎起車來可真讓人捏把冷汗。您會在什麼地方碰上的。不過您別放在心上，將來您能對付得了的……等您完全掌握了，也會飛快地在地球上旅遊。到那時候，您就會在車上記下跑了多少公里。不過您爸爸的確是一位好手……他還開車嗎？」

「一直開著呢，沃什吉克先生。可是現在他在家裡除了汽車，從不談別的事，一張口總離不開汽車。我覺得，他甚至想像著連天上也全是汽車，還有飛機和輪船。等他有一天去世了，天堂門口也會有各種汽車工具和零件等著他，他將永遠能夠鼓搗那些玩意兒。從前呢，他可沒讓我們閒著。我爸像一陣過堂風，而我媽卻像所有的媽媽一樣，經常提心吊膽的。爸爸安慰她說：『來吧！瑪麗什卡，到外面去透透空氣，對你有好處。』就這樣，我們跳上了摩托車。才剛剛超過幾輛牲口車，爸爸便將媽媽的緊張勁兒忘了個一乾二淨。他大聲嚷著：『弗洛里奧盾[4]！』我們像狂風一樣地往前飛奔。我模模糊糊地看見媽媽將弟弟摟在胸前，她不停地喊道：『弗朗西尼，弗朗西尼！我的天哪！』可是爸爸不管這一套，繼續朝前猛開。那時候流行穿氣球一樣的風衣，父親穿著它，背後鼓得高高的。我坐在後座上，他的風衣一直頂到我的胸前。」

「這麼說的話，赫拉巴爾，你們一定坐得夠擠的吧？」

「哪裡，後座地方足夠了，還裝了兩條彈簧，一種特別的避震器，後座是按照專門尺寸做的，因為有時跟我爸爸坐車的經理，體重一百公斤。沃什吉克先生，您相信嗎？騎摩托車

3 編註：勞林牌（Laurin & Klement），捷克汽車、摩托車製造商，創立於一八九五年，一九二五年被斯柯達公司（Škoda）收購。

4 編註：弗洛里奧盾（Targa Florio），一項環義大利西西里島的公路耐力賽車比賽，始於一九〇六年，為最古老的跑車賽事。

外出的時候，只有在車子剛發動的那一會兒，要不就是修車的那一會兒工夫，我才能瞧一瞧田野的景色。因為一路上我都淚汪汪的，看不清路邊的風景。大地和樹林好像都變了形一樣。」

「啊，這麼說，您爸爸是個了不起的人，對吧？」

「對我們小孩來講是這樣；可我媽媽不這麼看。我們每到一個地方，在中途停車的時候，什麼祖母山谷[5]或者波希米亞天堂[6]，我們根本顧不得看一眼，只覺得一陣陣噁心要嘔吐。媽媽則萎靡的躺在小拖車裡，她一個勁兒地抱怨：『我幹嘛要出來，幹嘛要出來呀！』並且還要呑幾片藥。在這種郊遊中，母親能夠選擇的只有通往醫院或墳墓的道路。可是父親總是一次又一次地開得像是要去比著名的弗洛里奧盾耐力賽。於是，我們總是在美麗的田野中這樣一起度過的，往回開的時候還是一樣難受。剛開始，父親還答應母親，向她保證說，開車出去一定讓一家人都高高興興的，可是十五分鐘之後，他的勁頭一上來，便又開起快車來。於是我們全家又像幽靈一樣在野外飛奔，因為我父親覺得不這樣就沒勁兒。」

「好，我的菸抽完了，拿著這個準備騎車吧！」師傅說。我踩著摩托車的車架，鞋子在它上面碰得咚咚地響。

「我們再練一次，赫拉巴爾。首先要轉動開關箱的扳鈕。車速的調整和您那輛車有點不同。」

「我還沒有騎過車呢……因為還沒有通過考試。」

「我知道，我們現在是紙上談兵。好，一檔朝上，二、三檔向下。如果您要變速，就按那個地方。打開車燈！」

我踩著摩托車，將一條腿跨過機車坐下，轉過頭來問道：「沃什吉克先生，您坐好了嗎？」

「好了。可您看，熄火了。啟動時，要加大油門，調整離合器要慢一點兒。這樣再試一次……還是不成！」

「咳，我用的是一檔。」說著，我的臉紅了。我換了檔，車發動了，它響聲如雷。雖然這一帶一個人影也沒有，可我還是覺得整個布拉格好像都在盯著我。換了檔以後，整個世界似乎都在跟我一起轉動，真教人開心。

5 編註：祖母山谷（Babiččino údolí），位於捷克北部的國家自然、文化地標。

6 波希米亞天堂（Český ráj），捷克一風景區。

沃什吉克先生在我身後，俯下身子小聲對我說：「赫拉巴爾，只管保持平靜……再加大油門。現在轉彎！看後面有沒有車跟上來……打手勢，要駛進主道了……放開離合器……好，左轉彎，快給我上二檔！立刻刹車！這裡是三角地帶，我們要向右拐，進入卡普洛娃大街。打信號！再打！好，就這樣，就好像您在搔膝蓋癢，或者襪帶掉了一樣……我們又減速了，上一檔，接著掛二檔、三檔，用鞋底輕輕踩一下就好……到新市政廳，打信號！向天文鐘[7]方向拐彎！注意巴黎大街有沒有車開過來！這條街有電車軌道，騎車要穩。剛下過雨，馬上要上石磚路了……到了廣場，往左拐。注意！沒有車朝我們開過來，後面軌道上也沒有電車跟著……現在拐彎開進長街……您和爸爸一起騎車是不是也有摔倒過？」

「騎勞林沒摔過……直到後來騎巴伐利亞的車[8]才……可父親一個人騎著勞林時出過事。母親沒有耐心坐摩托車，長途旅遊我們就坐火車去，爸爸騎摩托車跟在我們後面。但他從來沒有騎到過目的地。我們在布爾諾[9]等他，他卻是乘火車到的。他手提行李，包紮著腦袋，但仍然精神奕奕，還面帶笑容，說他騎著摩托車在比托夫鎮闖進了教堂聖器室……」

「哎呀，闖到聖器室去了？我可不會這樣，我連做夢也想不到去那種地方。現在好了，向右拐，去革命大街！那兒車少。加速！加速！到十字路口最好減速。您要是在那裡出事故可就慘囉！我可真欽佩您爸爸，真心實意欽佩他……他還開車嗎？」

「開，沃什吉克先生，他還一直開著。不過越開越驚險，像賽車一樣。有一回我們乘火車先行一步，去斯庫泰奇鎮。爸爸跟一位技工騎摩托車在後面跟著。可他們到達的時候，卻不是騎摩托車到的，而是坐火車。他身上貼滿了膠布，因為他們的摩托車和一輛牛車撞上了。到達的時候，爸爸還笑嘻嘻地說：『你們看，我這不是來了嗎！』」

「掛一檔，赫拉巴爾……現在向左拐，別講話……在代表大廈街上什麼事都可能發生。您記住，摩托車像神話一樣，它越跟您過不去，您就越離不開它……明白了嗎？真正的男子漢嘛……另外，等到有一天，您栽倒在溝裡，折斷了腿，夜裡在地上躺著，您自己就清楚是什麼味道……別離電車那麼近！要是有個笨蛋從電車上跳下來……交通規則上怎麼說來著，您該怎麼騎車？」

「保持安全的距離，以便隨時剎車。」

---

7 布拉格古城廣場著名的天文鐘（Pražský orloj）。

8 巴伐利亞的BMW牌車。

9 布爾諾（Brno），捷克第二大城。

「好，赫拉巴爾。您在普希科普大街怎麼這樣騎車？您得先按一下喇叭！就在這地方，我跟一個學生吵過架。他像您一樣，他的車騎到了電車軌道上，摔斷了鎖骨。所以，赫拉巴爾，一定要仔細看看有什麼危險。這倒不是說正好有險情，而是要注意觀察存在什麼威脅。要不斷地注視著行人……人們像閃電一樣，說出事就出事。當然還得看您的運氣。運氣要是不好，在布拉格即便步行也會處處有危險。現在朝上騎，去瓦茨拉夫廣場[10]。信號燈已經不亮了……上一檔……好，車不多，往上走主道！您爸爸騎了一輩子摩托車啊，那您應該把那輛車送到墓地上去，當個紀念碑……現在別講話，別吭聲！到了沃吉奇克十字路口……好，路口過了……對吧？」

「我還想起一件事，有一回，我們騎車去波傑布拉迪[11]療癒勝地。爸爸買了件長風衣，那是夏天，全家人都打扮得漂漂亮亮的，我們小夥子穿的是水手服。可是過了科瓦尼采鎮，爸爸那漂亮的風衣被風吹了起來，一下子夾在後輪裡……」

「叫做第二輪，赫拉巴爾。」

「是……第二輪，風衣被捲進了齒輪。這時候，爸爸的身子向我倒下來，他拚命想用手去抓油門，可他一直被風衣拽著，手怎麼也搆不著。我也開始背朝下地往下掉……」

「很好，赫拉巴爾，別只顧說話，我們該向右拐。您別坐得那麼緊張，我幫您保持平衡……現在向葉奇納巷拐彎。好，接著講吧！」

「就那樣，我們跨過水溝，開到黑麥田裡去了。真倒楣！那個時候的布料結實，要是現在，衣服早被扯破了……」

「赫拉巴爾，不，現在還不要急。伊格納茨街十字路口什麼都有。左邊是醫院，救護車總是停得滿滿的。您最好用二檔，記住！您自個兒騎車，經過布拉格市區時用三檔比較好……那邊有兩個加油站，碰到技術檢查員要小心……我們往下朝伏爾塔瓦河邊開去！」

「當時，父親就那樣靠在我身上。我們在黑麥田裡轉來轉去。那麥稈高得齊到我們的脖子……」

「不行，赫拉巴爾，現在別分心！這時候您要清醒。我們正沿著民族劇院行駛，一直往下騎，穿過克日肖夫廣場，再拐彎去我們那兒。讓那些當兵的先過去吧！聽響聲似乎是一一一型的車……我說什麼來著？啊，一一一型的車。現在催油門，過十字路口要騎快點。

10 瓦茨拉夫廣場（Václavské náměstí），布拉格最繁華的地方。

11 波傑布拉迪（Poděbrady），位於布拉格東北方約五十公里。

對！」

「我們就那樣在麥田裡騎著車走。爸爸用腳駕駛，還不時望一望我們這幫男子漢。媽媽唉聲嘆氣，都快暈過去了。我弟弟試了幾下油門。您知道，當時有夠慌亂。父親大聲嚷道：『不是那一個，這一個也不對！』等到我弟弟弄對了，我們才在麥田裡慢慢停下來。可是我們沒有辦法將爸爸的風衣從齒輪裡拽出來……一群在田地幹活的人來到我們跟前，用鐮刀將風衣割斷，我爸爸才下得了車。後來，他只能將剩下的風衣片縫製成一件小外套……」

「注意，十字路口！知道嗎？我們還要朝法學院開，再轉向巴黎大街，但要留心電車軌道……後來，您們就買了巴伐利亞的車？」

「是的，BMW，那可是燙手貨！那時候塔齊奧．努沃拉里[12]很紅。我坐在爸爸後面，去寧布爾克[13]只騎了二十五分鐘，就到了赫羅別亭[14]稅務所門口，我們在那兒停車。一路上什麼也沒看著，像騰雲駕霧一樣，只有爸爸不時朝外面喊著：『努沃拉里！』現在要換一檔嗎？」

「為什麼？橋上已經禁止通行。可那輛巴伐利亞車響聲真大……也難怪！您們騎那輛車第一次是在什麼地方栽倒的？」

「在莫霍夫和尼赫維茨達兩個小鎮之間。我們買了邊車，爸爸騎的速度只超過馬車。可是不知怎麼回事，汽油著火了。我們抓住車把，原地打轉。把我摔在梨樹上，鎖骨折斷了。那是在假期發生的事，而且是放假的頭一天……那學年我沒留級，我們開車上布拉格，本想去為我買頂帽子，說是獎勵我的學習成績……爸爸撞得翻過車座，眼鏡撞得扎進眉毛。我弟弟從車上摔了下來，不過一點事兒也沒有……可爸爸在公路上簡直想開槍自殺。他身上在流血，可是他不知道，只是大聲喊道：『我什麼也看不見了！』我們將他緊緊抓住……心想，要開槍，乾脆連我們一起都打死算了……幸好那兒還有別人。他們把我抬上車，到撒斯基鎮，大夫給我打了石膏……現在往哪兒開？去撒尼特羅維街？」

「是的……您父親後來怎麼樣了？」

「除了我父親和我弟弟，還有那撞壞了的擋泥板，誰還能從那出事的地方逃出來？我父

12 編註：塔齊奧．努沃拉里（Tazio Nuvolari），義大利賽車手，曾獲得過一百五十次賽車冠軍，被稱為「過去、現在、未來最偉大的車手」。

13 寧布爾克（Nymburk），位於布拉格東北的城市。

14 赫羅別亭（Hloubětín），布拉格一個區。

親只是頭上纏了條繃帶，還笑著大聲說：『這一下挨得可不輕啊，是吧？』」

「赫拉巴爾，在這裡要格外小心。我的一個學生就在克勒門丁街催了油門，天氣也是這樣潮溼，結果我後來只能在床上躺著，什麼事也不能做。這回您騎得還不錯，我們向那拐彎……再往前，上一檔……拐彎！腳不要著地，要不我就踹您一腳！放開油門！掛空檔！拉開！真可惜，今天我們兩人是最後一次同坐在一輛機車上了……您媽媽對那起事故作何感想？」

「我們進門的時候，她正好去餵雞。看到一個打上石膏的兒子拿著壞掉的擋泥板，媽媽愣得一動不動地站著，手裡捧著裝米粒的小盆。父親笑嘻嘻地對她說：『瑪利什卡，今天出的事，實在精采！』母親身子一晃，倒在了地上。盆裡的米粒撒了一地。小雞啄起食來。」

「好，我點根菸。我說，您爸爸真是好樣的，經歷了很了不起的事情。行了，把上課證明給我，給您簽字。」

他簽了。

「您知道，今天聽了您爸爸的事，我多麼開心嗎？」他一邊問一邊踩著踏板說：「有點兒涼是吧？我真心地向您爸爸問個好！」

「一定轉告。」

沃什吉克先生把手舉到額上。他打開油門，車子幾乎在原地轉了一八〇度，然後隆隆地響著，朝伏爾塔瓦河那邊騎去。

可愛的小夥子

快半夜了，澆鑄工人們還站在爐前。他們總共有六個頭頭，三十六個翻沙鑄造工人。他們幹活的時候，都一聲不吭，全神貫注，因為滾燙的鋼水要從這裡流出來，全部的澆鑄槽必須用耐火的粗管道製成，或者必須塗上石墨。當他們給鑄模加上帽蓋，準備好木炭時，組長決定說：

「好，小夥子們！開始灌鑄吧！」他踩著有彈性的木板跑過注槽。

他走到對面，突然想起來說：「漢斯，誰來替你清掃那些生鏽的破爛貨呀？」他說著，用手指向一塊形狀奇怪的鑄鐵。

「我自己呀！」英達[1]指了指自己，接著他又辯解說：「可剛剛上班的時候，沒有空吊車呀！二十號位上沒有吊車員。」

「那你就應該到那些蠢豬那裡去要吊車！」組長說著，指了指煉鋼廠房的樓頂，那兒正有一輛帶大鏈的吊車。

「你們說得倒容易！去要吊車，可吊車用來接送頭頭去了。」

「那你就該等著他！」

「等，等……可吊車還要運一堆鋼筋……現在您聽見了吧？」英達舉起手，指著鈴響的地方說：「聽吧，S區響鈴了，吊車沒有空！」

「這也幫不了你！」組長說著開玩笑似的拍了一下英達的臉。

隨後大家坐到一邊去了，緊挨著一堆已經冷卻的鋼錠。組長將裝過鉻的空箱子翻過來當凳子坐下，吩咐說：「好！庫德拉，開始吧！」庫德拉笑著說：「開始！」

大夥兒都朝上看：吊車開始動作，打開所有的儀錶，機器同時動起來，將裝滿石灰的大盆往上吊，運石灰的車輛正向煉鋼場開來。

「這違反了操作規程！」英達說。

「你這個笨蛋！」組長克制地說：「要是吊車員按規章辦事，煉鋼場就只能完成百分之四十的生產任務，你這笨蛋！」

吊車在全廠房隆隆作響，裝著石灰的白色大盆在電爐旁邊徐徐上升。平爐的門在上面大敞著。從巨大的長方形天窗口可以望見滿天的星星。夜間的冷空氣一直吹到這裡，英達站在那裡凝望著天空。

1 英達和漢斯是同一個人，前者是他的名，後者是他的姓。

爐門開了，人們規律地用鐵鏟將粉碎的鎳扔進熔爐。碎鎳立即熔化，在表面上形成鏡子一樣的薄層照著煉鋼場，教人目眩。煉鋼工人站在爐前，用紫色鏡片觀察沸騰的鋼水。

英達把手提包拿下來。場裡老鼠多，提包必須掛在鐵絲上。

「我什麼也不會餵給老鼠的！」庫德拉說著，從包裡取出剪刀之類的工具，放進兜裡，「那些怪物有一天會從頂棚上順著電線爬下來的！」

「庫德拉，」組長提醒說：「我想讓你抽空給我剪一下頭髮，但要像沒剪過一樣，要不然我的頭會冷。」

「沒事，我幫您剪那種美式的髮型就好。」庫德拉說著，將工具放在裝釩的鐵桶上。他見英達要往小箱子上坐，就從他身後將箱子抽走。英達連同他那抹好了奶油的麵包一起摔到了灰土裡。

「主要在兩邊剪一剪。」庫德拉若無其事地往下說：「我舅子告訴我說，在老波爾蒂鋼廠，人們用捕鼠器捉老鼠，將老鼠取出來之後，澆上汽油，燒得牠在木箱上亂竄，像煙火一樣。」

「庫德拉，我耳朵後面不要剪得太狠了。」組長又提醒他一次。

「這我知道，您又不是那種佩戴寶劍、蓄著老式長髮的老人，對吧？」庫德拉指了指正在切麵包的英達。

「誰想理什麼髮型就怎麼理好了！」英達大聲嚷道：「可我只在青年理髮店剪頭髮。是一個名叫奧利維里的法國佬剪的。那傢伙長得真帥。你自己說，要誰來理？大家都會告訴你說要那個穿條紋衣服的。他穿著緊身褲，上衣裁得像個圓瓶子，禮拜天下午還戴一頂這樣這樣的帽子。」英達興高采烈地說，還用手在頭上比比畫劃。

「是什麼樣的？」庫德拉問，停止剪髮了。

「就是這個樣子！」英達又比畫了一下。「不過奧利維里壓根兒就不會理你，他只按我要求的剪一個不老不新的樣子。波浪式的？還是蓋住前額？最後他還要問：灑古龍水？還是香水？」英達摘下帽子，使勁低下頭，讓大夥兒瞧瞧，青年理髮店的奧利維里理出了多麼美的波浪式……而且是只為他一個人理的。庫德拉乘機將推子上的細髮吹到英達抹了奶油的麵包上。

「好漂亮的頭髮啊！」庫德拉感嘆了一句。

「庫德拉，」組長緊張地說，將手從圍裙口袋裡掏出來。「求求你，別剪太多！我都感覺到有陣涼風吹過了。」

「我知道。可是總得有點兒形出來嘛！」庫德拉讓他放心。他朝地上看了一下，只見遍地是小百合一樣的老鼠腳印。他接著說：「我在平爐旁幹活的時候也用捕鼠器抓過一隻老鼠。我把牠塞進吊車上的一個洞裡，吊車工一直把它送到爐邊。當時正好出過鋼，我將捕鼠器打開。老鼠見到爐子那邊的小洞口就往裡鑽……當然被燒死了，腿都燒沒了。牠以為那是個好地方才跳到裡面去的。」

澆鑄工人們一聲不吭，剪刀還在剪著頭髮。

「小天使飛過去了。」英達突然說。

「什麼？」

「有一種說法，當大家坐著，不知道該談什麼好的時候，小天使會一下子從天上飛過去！」英達解釋說。

有人在暗處喊道：「盆裡沒泥了。」

「漢斯，你是怎麼追小妞的？」組長問。

英達好像正等著這個問題。他回答說：「這個星期天，我在斯波特卡酒吧櫃檯旁坐著，蹺著二郎腿，好讓人家看見我的條紋襪子和漂亮的皮鞋。我的腳很小，你們看！」說著他將皮鞋抬起來給大家看。

「讓我瞧瞧！」庫德拉說。英達又一次將腳抬起來，庫德拉往上面啐了一口。

「別這樣！」英達生氣了，「您眼紅了吧？三十八號！我旁邊坐著一位漂亮姑娘。我對她說，小姐，能請您喝一杯嗎？您喜歡喝什麼？她要蘭姆酒。我們碰了杯。可我喝的是礦泉水，因為我戒酒了。她很在行地瞟了我一眼。我看了看她的領口說：『小姐，您的胸部可真美啊！』她說：『您頭疼嗎？』我說有時痛得像有輛快車在裡面跑著。她告訴我說往耳朵裡滴上幾滴像猴尿一樣的藥水，再像攪動塗料一樣將頭晃幾下就行了。那位小姐，她真的讓我十分感動。」英達說。

「你不是在胡扯吧？」組長說。

「他沒胡扯，」庫德拉忙說：「他們這一代的人，一天到晚感動。我那個壞小子也是這樣。他下班回來就興奮地對我說：『爸爸，我們在鍛造場揮動汽錘，它差點碰到我的鼻子上，只差兩公分。』我說：『你這笨蛋，你八成是躺著幹活吧？』他還真是躺著幹的。『爸爸，但那是忙中出錯。當那滾燙的錘子離我鼻子只有兩公分的時候，我兩眼一片漆黑。』我問：『你為什麼要躺著做？你說呀，為什麼？』『因為，爸爸，我相信那臺機器，更主要的是，我特別感動。姑娘們現在對我可另眼相看啦！』」庫德拉揮動剪刀嚇唬說：「臭小子們，我真想讓你們感動一下！」

這時候，六號爐開始出鋼，助理工們快速拉動長桿，鋼水滾滾地流出來，鋼花在沸騰的容器裡，如同燃燒的顆粒，四處飛濺。工長站在臺上，被鋼水照得像個魔鬼。他一手指揮吊車，一手拿著紫色玻璃片遮住眼睛。最後，他發出信號，讓助理工人將矽石倒進容器。裡面先是冒出褐色的濃煙，接著是刺眼的光芒，像煙火晚會一樣。下面的吊車工用手按著控制器，屏住呼吸，想盡力少吸進一些五顏六色的有毒蒸氣。

「庫德拉，我的頭被你剃光啦！」組長摸著腦袋說。

「這不過是您的感覺而已。可惜我沒鏡子。漢斯，快去給我弄點兒水來！」庫德拉吩咐說，將裝芥末的杯子遞給他，還在他腳上踩了一下。

「我們來刮鬢角。」他輕聲說。

英達轉來時，庫德拉用指頭蘸點兒水，抹在組長的耳朵周圍，還對他說：「感動，感動……我也曾經感動個沒完，我們也沒有比他們好到哪裡去……您為什麼總是晃來晃去？這樣我會刮到您的耳朵的。」他緊張地說。

「媽的，庫德拉，你沒把我的鬢角整個刮掉吧？」

「哪兒的話，只刮掉了一點兒……您等會兒就會像個公證人一樣……我再刮刮您的脖子！」庫德拉說。他轉身的時候，故意將身子一歪，碰了一下英達，還衝著他嚷道：「你這個傢伙，不能坐到別處去嗎？」

「沒事，沒事！」英達謙讓地說，繼續朝天窗看那些星星。

「我就原諒你這一回吧……擦點兒生髮油，還是抹點兒乳液？乳液呀？好吧！我們有個頭頭，叫做什麼謝納爾。他隨身總帶著一份名冊。有一回，我們走進一間停屍間時，謝納爾先生正在細看那上面寫著死者職業、姓名的牌子。每塊小牌都用細繩繫在死者的大拇指上，免得弄混了。這跟產房一樣，每個嬰兒也都有塊牌子，免得被人調包……謝納爾先生每拿起一塊牌，便在單子上窗劃掉一個名字。有個司機說：『謝納爾先生，那解剖臺上還有一具屍體！』謝納爾於是跑過去，拿起繫在那個人拇指上的牌子……這時候，那屍體突然坐了起來，向他行了個舉手禮，然後又躺下了。這時，一生勾掉了成千上萬個死者名字的謝納爾先生，像彈簧一樣蹦起來，踩到了棺材蓋，撞到了我身上。從此他只站在遠處查看。那司機笑著說：『謝納爾先生，快看！那死人又坐起來敬了個禮……』這乳液是從布拉格普洛哈斯卡那兒弄來的。」庫德拉講完了，又悄悄地問：「要像銀行街上的人那樣理成中分頭嗎？」

「就像銀行街上的人那樣吧！」組長點頭說。

庫德拉解開圍裙，上面的東西全抖到了英達的眼睛裡。英達正兩手放在膝蓋上，兩眼望著煉鋼場的另一面牆那邊，平爐上方天窗外布滿星星的藍天。

「這，這算不了什麼，」庫德拉抖落著，等他尖著嗓子笑完之後說：「這壓根兒就算不了什麼，人就是愛這樣經常鬧著玩，直到碰上攸關生命的人為止。」

「碰上誰？」英達不再揉眼睛，只是呆呆地望著。

「碰上與自己生命攸關的人！」庫德拉說著，用手彈了一下英達的鼻子。

組長用手指頭摸了摸襯衣領子，還摸了一下後腦勺。

「碰上攸關生命的人？」英達瞪著兩眼問道。

「是的，碰上這樣的人，就這樣，笨蛋。我有一個朋友，在斯特拉什尼采火葬場工作，名叫杜馬。我們兩人很要好，我們一起養魚和水蚤。有一回，他生病了，我的身體也不舒服。等我病好了之後去火葬場看望他。正當我往下走，聽見樓上有合唱聲：『美麗的捷克，我的捷克……』而有人正在往下抬棺材。我問：『師傅，杜馬今天在什麼地方？』師傅敲了敲棺材，指著它說：『杜馬今天就在這兒！』我撒腿就跑，到了弗洛拉街才停下來。」庫德拉感覺到組長往他口袋裡塞了幾個硬幣，便輕聲地說：「這用不著嘛……」

他將手推剪、剪刀和梳子裝進印有薩克斯風和口琴的圍兜裡，然後拿出一塊麵包，從鐵絲上取下提包。

他們慢吞吞地向通道走去。那邊幹活的是另外一個小組，正在用長鉤拉運鋼錠，再由吊車運走。鐵鉤在鋼錠上碰得叮噹響……

「好，小夥子們，」組長戴上帽子，以做決定的口氣說：「馬上在八號爐下面準備澆鑄槽，但要先清理廢料。有的廢料太重，漢斯，你到後面的S區去把錳管圈拿過來，將廢料的一端套上一個圈……吊車用鉤子幫你的忙，行嗎？」

大夥兒從梯子上走下來，向澆鑄槽走去。

英達從六千公斤重的鋼筋和堵塞著澆鑄槽的鋼錠後面拿起一把十字鎬和鐵鍬。在開始幹活之前，大家只好擠在鑄槽牆邊等著。上面的吊車裝滿了爐渣，閃耀著如北極光一般的磷光。可能是小車沒有從爐渣堆那兒開過來，吊車只好吊著大盆，停在澆鑄槽上方，靠近平爐。組長往手掌上吐了一口唾沫問道：「漢斯，你常跳舞嗎？」

「這您當然清楚嘛，在藍星酒吧我和一個女伴一起玩得很開心，我追著那個舞伴一直追到洗手間，只是她的男朋友不高興，給了我一個耳光。」

「人們太神經質了，你們不覺得嗎？」組長扯著耳朵聽著。

「是呀。」英達附和說：「真可怕，在布拉格，我買了一張古切拉[2]先生的唱片，後來拿到舒瑪瓦山上的一個晚會上去放。悅耳的銅管聲一響，我便朝一位漂亮小姐走去，鞠了一躬說：『小姐，可以請您跳舞嗎？』我還客氣地對她的男朋友說：『朋友，我可以邀請她嗎？』可那個傢伙瞟了我一眼，還罵了一聲：『蠢貨！』我問他：『你說什麼？』他重複說：『蠢貨！』我向小姐鞠了一躬說：『對不起，女士！可我要給您那位先生幾個耳光！』我們於是走到走廊上，他倒先搧了我一耳光，我倒下了。要是古切拉先生跟我在一起，肯定會將他那一幫人揍得粉碎。可是，打我的那個小子是一條壯漢。」英達說得還很得意。這時他正歇著，擦了擦汗接著說：「那傢伙腰圓膀大，」說著還指了指肩膀說：「舒瑪瓦山舞會上的那位先生長得真魁梧，那肌肉真棒！」

「什麼樣的肌肉？」庫德拉問。

「這樣的！」英達說著高興地指了指自己：「我身上還發生了這麼一件事……有一次我到利達克那個地方，趕上西維爾隊獲勝了，最優秀的鼓手沃塔瓦高興得使勁擂鼓，鼓槌飛到人家的觀眾席上去了。」英達越說越起勁。

組長在他們上面一點兒，背靠著欄杆，朝著敞開的門大聲喊道：「你們沒往澆鑄槽加廢鐵嗎？」門外站著一個模糊的身影，他後面閃爍著星光。那個人喊道：「廢鐵沒有了！」

組長揮起拳頭威脅說：「他媽的！你們總得加點兒東西進去嘛，不是嗎？」

那個人影也喊道：「我們往裡面放了些金屬鑄模。」

組長啞著嗓子喊道：「金屬鑄模是些老玩意兒，沒有用的東西！」

英達從下往上看，不覺放下了手中的活兒。只要有人大聲嚷嚷，他就以為那是他的過錯。

組長說：「漢斯，需要安靜是吧？你星期天是不是也看了足球？」

「看了，那場比賽真精采。」英達說：「下半場，三名特普利策[3]的球員壓住了馬耶

2 編註：安東寧．古切拉（Antonín Kučera），捷克作曲家、軍樂隊指揮。

3 編註：特普利策（Teplice），捷克西北部城市，比鄰德國。

爾，可是沃烏斯和林哈特把特普利策隊員狠狠整了一下，弄得特普利策人要揍裁判。結果是，科克什特因[4]和布拉加利奧被抬出了運動場。不過那還是一場了不起的比賽。庫赫勒爾先生直到今天眼睛還腫成這——樣！」英達說著，用手掌摀住眼眶。

「眼睛怎麼個樣？」庫德拉問道。

「這——樣！」英達又認真表演了一次說：「在特普利策人揍科克什特因時，他本人已經踢進了兩球。第二球進得太棒了，守門員至死也不會忘掉。那真是過癮！我的老天爺！」英達舔了舔嘴巴，從口袋裡掏出一枝粉筆說：「你們看吧，我來畫在牆上：這兒畫個十字，代表特普利策二號，圓圈是科克什特因，十字的後面是特普利策的後衛，這兒是球門。你們想想看，科克什特因做了什麼？」

「喏，快說呀！做了什麼？」庫德拉勁頭來了。

「這我當然知道囉，像我畫的這樣，科克什特因接到傳球，轉身跑到後衛身邊，在二號周圍虛晃了一下，以不可阻擋之勢，將球踢到網裡。這是第一次進球。」英達興奮地畫了一道槓槓，接著往下說：「後來呀，又進了第二球，實在教人開心！你們看，我畫的是球門，這裡是特普利策隊的二號。科克什特因好像要傳球，但他突然在二號附近一滑，就到了守門員附近。你們想想看，科克什特因是怎麼踢的？」

「他撲通一聲挨撞了一下。」庫德拉說。

「哪兒的事！根本沒撞著，沒有……。」英達低聲說，腦子裡閃出了他們正在談論的那寶貴場面。「現在你們看明白了我畫出的整個球門，」說著他還畫上了球門柱，「特普利策的守門員等著對方的一腳，準備向前撲救險球。但你們看到了，正像我畫的，科克什特因避開了他……守門員再快也無濟於事。球輕輕地滾了進去……」英達畫出了那個幾乎看不見的球，可對他來說卻看得一清二楚。他邊說邊表演，一不小心跌了仰面朝天，像翻跟頭一樣，石墨和沙弄到眼睛裡去了。他站起來，撲打身上的灰塵，不好意思地笑了。

「不錯，你真是個耍雜技的好材料！」庫德拉說著，走到他身邊，將他的帽沿幾乎拉得蓋住了下巴，說：「你快到S區去取錳圈吧！用吊車運過來，你這小笨蛋！」

英達掙脫了那有力的手掌，摸了換自己波浪式的頭髮，輕輕地戴上帽子請求說：

「我不知道那些錳圈在哪裡，庫德拉先生，麻煩了，您能自己去嗎？」

4 編註：瓦茨拉夫．科克什特因（Václav Kokštejn），捷克足球員。

「我叫什麼名字？」庫德拉用嚇唬他的口氣問道。

「西蒙尼克先生[5]……親愛的西蒙尼克先生……」

「這還差不多！記住啦！那麼你打掃一下，我去找錳圈。」庫德拉吩咐說。

「我去喝點兒啤酒，再看看六號，估計已經弄乾淨了，我們就可以開始運鋼錠。英達，在這兒好好做吧！」組長靠著梯子說。隨後他慢慢走下梯子，庫德拉跟在後面，他看見英達恭恭敬敬地扶著梯子，便又刮了一下鞋後跟。英達只好再次抖去沙粒和石墨，揉揉眼睛，脫下帽子，摸摸他那漂亮的波浪式頭髮。然後他抬頭看了看鋼廠的天花板和廠房結構，那活像蝙蝠張開的翅膀。

這時，平臺上的煉鋼工人喊道：「水管工！他媽的，八號的水快浸到褲子裡來了！」英達爬上梯子，看看是誰在喊，他發現天窗已全部推開，藍天上群星閃閃發亮。他走下梯子，沿著澆鑄槽往前，一會兒看到鋼錠上冒著藍色的火焰，一會兒又望望煤爐的炭火。有一個人在平爐附近，兩手摀著腦袋在打盹。

英達打開小門，走到鐵軌上，吸著夜間的清涼空氣，抬頭凝望滿天的星星。

這時候，緊靠著八號平爐的大盆翻倒了，全部熾熱的爐渣倒在澆鑄槽裡。

整個煉鋼場一片淺紅色的火光，火星從澆鑄槽濺到人們的衣帽上。庫德拉取回錳圈，看到眼前出的事，呆呆地站了片刻。他扔下錳圈拔腿就跑，一下子摔倒在地，但他馬上站起來，全身被石墨弄得烏黑。他朝澆鑄槽跑去，大聲呼喊著：「夥計們，快過來呀！」

他脫下外衣，蒙著面孔，往槽子底下爬去，使盡全身的力氣朝下面喊著：

「英尼切克[6]！英尼切克！」

組長從食堂跑來，也用外衣裹著腦袋，但正當他要下到澆鑄槽時，梯子從下面燃燒起來了。他只能放慢腳步彷彿向深水裡涉去。

「可能讓我們的英尼切克在爬過鋼筋的時候碰上了！」他邊喊著他的名字，邊沿著澆鑄槽跑著，然後下到裡面，但巨大的鋼錠橫在槽的前面，擋住了去路。那裡一個人也沒有，只有滿地的爐渣。

大家都湧過來把手伸給他，將他拉了上來。

「讓我們的英尼切克碰上了。」當工人們帶著滿臉狐疑湧過來的時候，組長說。

5 西蒙尼克是姓，庫德拉是名，庫德拉．西蒙尼克是全名。呼姓通常表示尊敬。

6 英達的暱稱。

「你們這些笨蛋！怎麼能將那麼大的容器繫在電纜上呢？」組長大聲嚷著，手都發抖了。

英達卻從後面的七號爐下走了回來。當他看到火光和跑來的人群時，不禁嚇了一大跳。

組長首先看到了他，親切地喊道：「英尼切克！」

各座爐子的警鈴發出種種警報聲：出事了！

庫德拉轉過去小聲說：「英尼切克，你還活著……上哪兒去了？」

組長嘆了一口氣說：「英達呀英達，你可把我們嚇壞了！你看，給你開救護車來了……你們回去吧！什麼事也沒有！」組長喊道。救護人員抬著空擔架，轉身往回走了。

可是看熱鬧的人，高爐的工人，還有電爐那邊來的人，都盯著灌鑄槽，快燒完的鎬子柄，還在發出滋滋的響聲……槽中間一層烏黑的油，冒著藍色的火苗。大家看著英達，英達指著槽裡說：「好一件漂亮的上衣，可惜了！」

組長擤擤鼻涕說：「是可惜，我還以為你穿在身上呢！」

「這麼說，你們以為我可能在那兒？」說著，他指了指那凝固起來的淡紅色岩漿。

庫德拉指著樓板說：「笨小子，你想過沒有，他們為什麼帶著擔架來？鋼爐上為什麼要報警？」

「是因為我嗎？」英達指著自己問。

「你覺得是為了誰呢？」組長問。

英達望望四周，看看小夥子們的眼神：所有的目光都在注視著他……他驚訝地發現：他，英達，還有一點兒分量，在煉鋼廠能起點作用了。

「要是我倒在那兒了，你們會為我哭一場嗎？」他以懷疑的口氣問，又環視了一下大夥兒的眼神。

「真不知會哭成什麼樣呢！」庫德拉說。

「為什麼？」

「因為，笨小子，我們會捨不得你呀！因為大家都知道，跟你在一起很開心呀！」庫德拉說。

「這麼說你們真的都喜歡我？」英達提高嗓門說：「先生們，那你們大家都得到我這兒來！咱們慶祝一下！這裡老像青年陣線出版社一樣，每張桌子上都擺著報表。咱們別管這麼多，把桌子拼到一起來！我給你們放古切拉先生的音樂，聽拉里馬和他樂團的演唱，還有黑人歌曲。我喝礦泉水，你們大家喝干邑，我請客！我還以為，你們壓根兒就不喜歡我。」英達說著，向大家敬了個禮。

庫德拉說：「好！可英尼切克，你究竟去哪兒了？」

「在外面……看星星呀！那——麼那麼大的星星，像手掌一樣！」英達說著，手有點兒顫抖。

「有多大？」庫德拉問。

「有這——麼大，像手掌。」英達比畫著說。

庫德拉拿起自己的帽子，往英達的頭上一蓋，一直壓到了他的下巴上，說：

「我沒法用別的方式來表達我喜歡他。喏，就這樣！」

已逝的金色年華

中午，兩位剛剛游完泳的老人，躺在什魯達游泳池邊的地板上。太陽晒得那樣厲害，游泳褲幾乎都乾了。酒店老闆摸了摸他那灰色的毛茸茸的胸脯回憶說：「我做最後一筆大買賣是在一九四八年。我去波波維茨啤酒廠訂貨，為雄鷹體育協會舉辦的活動做準備。啤酒廠經理說：『你交點兒押金，就可以在斯拉霍夫運動場得到一個最大的攤位，這也有助於實現「健康的精神寓於健全的體魄之中」[1]這一美好思想啊？』我說：『租下來，但願能銷售兩百公升啤酒。』而啤酒廠經理說：『迪爾什的思想那麼深刻，我能賣掉的啤酒不會只是二百公升而是幾千公升。』於是我們握手，共祝雄鷹運動會成功。」

大夫停止擦魯比亞油脂，說：「是啊！有什麼樣的開頭，就會有什麼樣的結果。所以我最喜歡回憶我開始實習的那些日子。我記得我開始實習的時候，正是一個美好春季的第一天。真走運啊！有個男孩被瘋狗咬了，在送往我們醫院的路上他就瘋了，從火車上往下跳，就這樣一命嗚呼。不過做為我的第一個病人，說明我的實習將大有可為。第二天又發生了一件教人驚喜的事情：一匹馬咬傷了一名長工的耳朵，只剩下一點兒皮連在他頭上。我把它縫上，後來竟然痊癒了。這就是我開始實習的那個美好的春天……」

「這我相信。」酒店老闆說，彎了一下腿，站立起來，走到水龍頭下，用涼水沖了幾秒鐘，又坐到木板上，一顆顆閃亮的水珠滴到地上……「我老伴那時候對我說：『別亂花錢，你要保證！』可我還是買了半車廂馬鈴薯堆在倉庫裡。然後到城裡去轉了一圈，能買什麼買什麼：豬肉、蘋果和魚。在巴德利，一個商人給我留了幾箱雜貨，我想買下來。這主意不錯，但我沒有錢，有個老兄借給了我二十萬克朗。」

「我開頭的時候什麼也不需要。你知道那是在奧地利的時候[2]，我也那麼走運，娶了一個寡婦，給我帶來兩個孩子。」大夫沉思著說，彷彿是在敘述他仍在經歷的往事，「我們辦婚事的那一天，真是個令人高興的日子！禁獵官被獵槍打傷了，彈片打中了他的前額。我給他取出了一公釐大的彈片。葉德利奇卡教授親自向我表示祝賀。」

「那可真是走運！我也是，在運動場主席臺下面，我很快得到了一個攤位，有電話，十捆雜貨。只可惜，雖然雄鷹體育協會的人到了，理想也有了，啤酒也有了，可老天爺就是不賞臉，陰冷陰冷的！」酒店老闆有點兒傷心，他顫抖著說：「到了第四天，我說：『孩子的媽，我只賣了幾百公升啤酒，這對迪爾什那句名言可不大好，我們賣夾肉麵包吧！』」老闆

1 捷克著名體育團體「雄鷹」協會（Sokol）的組織者之一迪爾什（Miroslav Tyrš）說過的一句名言。

2 一九一八年以前，捷克屬奧匈帝國統治。

的臉上又容光煥發起來。「於是我租了一輛汽車，僱了十名女工削馬鈴薯，運來了幾個大麵包，在我們酒店擺了四張桌子，上面還裝上了切麵包機……就這樣開始幹了起來。」

大夫把雙手放在膝蓋上，對著太陽，瞇上眼睛說：「對我來說，天氣不成問題，因為在奧地利，一切都要好一些。一九一三年復活節的時候已經遍地綠油油的。在大自然最美的時候，在一個白色星期六[3]，給我送來了一個女僕就診。從她的嘴裡竟然吐出了許多條蟲！我行醫多年從沒見過這種怪事。而在復活節鞭打姑娘的那一天[4]，一個男孩吞下了一隻夜鶯。我吩咐給他吞麵包。第二天，孩子的父親來了。他高興地對我說，他的孩子又在對著這隻夜鶯吹口哨了。」

「這真有意思，」酒店老闆說著，將身子挪到晒熱了的木板上，「我讓老婆將第一塊夾肉麵包送到機關去。那兒的人吃了都說好。我馬上用車運了幾千塊麵包到斯特拉霍夫運動場。有人犯嘀咕，擔心賣不掉，可我都賣掉了。叫賣的小夥計將夾肉麵包一直送到雄鷹體育協會的成員正在排練的地方。一塊麵包賣七十哈萊士[5]。就這樣，我撈了不少錢，而他們的美好思想也更堅定了。同事們跑過來問：『能借給我們一箱鯖魚、一箱乳豬肉嗎？』我說：『那哪成？這樣就違背了雄鷹體協的「強者走在前面」的思想了！』」老闆翹起雙腿，兩隻手扶在晒熱了的木板上，盯著大夫的臉孔，一字一句有力地說：「所有的麵包都是我自己賣出去的，我連數錢的時間都沒有。只能將一天賣麵包的錢用桌布一包，捆好，掛個牌，寫上日期。」酒店老闆翻了個身，仰臥著，摸摸前額，得意地笑了。

「這可真算大豐收。」大夫有點兒嫉妒他，然後用手背擦擦頭上的汗說：「在菲利普．雅各賓節晚上[6]，我也碰上類似的運氣：有個屠夫將腐爛了的牲口拖回去賣，結果使他自己染上了牛痘。我給他治病，結果我自己也得了那種病。別的大夫反而羨慕我，因為醫學報報導了我的事蹟。但這期間也有些不痛快的事：有一次，喪鐘響了，鎮長以為是屠夫死了，便派辦事員帶了一口棺材去。屠夫手持刀子跑了出來，把棺材劈了，他自己嚇得匆忙跑到我的診所，弄得我後來幾個星期不敢露面。」大夫說著站了起來。他看到木板上有汗水，是別人躺過的，便躺到老闆旁邊一塊乾燥的木板上，接著往下說：「我也有過好運。一塊鐵屑飛進

3 即復活節那天。

4 歐洲一些國家有這樣的風俗：復活節時，男孩用藤條鞭輕輕拍打女孩的屁股，女孩則需回贈彩蛋。

5 捷克最小的貨幣單位。一百個哈萊士等於一克朗。

6 菲利普．雅各賓節晚上（Filipo-jakubská noc），根據菲利普．雅各賓聖人命名的一個宗教節日，亦稱瓦爾普吉斯之夜。

了鐵匠的眼睛。於是他總覺得眼前有一尊裸體女人像。我給他將鐵屑從眼睛裡取了出來，可是我連眼珠子也帶出來了。『可惜我再也看不到迷人的女人雕像了。』那個老實的男人當時唉聲嘆氣地說。那天的天氣可真好！下了一陣雨，一會兒又出太陽，還有一道彩虹。纏上繃帶的鐵匠就從我那兒走了……生活對我來說，總是那麼富有詩意。」

「我也是。那時候，幾乎每個生意人都罵雄鷹體育協會。我就說：『你們還算捷克人嗎？這麼做也不感到害臊！』因為我是個愛國主義者。雄鷹體協辦了那場比賽之後，我們數錢算帳就花了整整三天。」酒店老闆興奮得跳起來，眼睛睜得老大，「我們關上大門，將布包一個一個打開又捆好。我們算帳點錢，累到發燒了，可我還接著算，算清楚了第四張桌子上的布包。我的天哪！這時我才意識到，迪爾什的思想雖沒什麼好的，但是很神，因為幾張桌布包起來的錢都歸我所有了。我足足賺了八個布包的錢，有三十萬啦！」酒店老闆跪著打賭說，兩眼望著大夫，可是大夫再也沒有睜開眼睛。

單調無聊的下午

中午剛剛過去，一個年輕小夥子來到我們酒店。誰也不認識他，也不知道他是從哪兒來的。他一屁股坐到桌旁，靠近抽風機的下方。他要了三十根菸，一杯啤酒，隨後就打開書本，看書、喝啤酒、抽菸，他的指頭全燻黃了。他一直抽著、抽著，直到菸頭燙到了手指。可他還在桌布上摸香菸，將其點燃，繼續大口地吸著，不過他的目光一刻也沒有離開書本。

當時，誰也沒有注意他，因為很快就要轉播足球賽了。酒館裡坐滿了球迷，個個都穿上盛裝，人人都希望自己的球隊獲勝。他們的手都插在兜裡，不停地聳聳肩膀，挺挺胸脯，彷彿他們的衣服不合身。在吧檯旁站著喝酒的人正在熱烈地爭論著他們的球隊將以四比一還是五比一獲勝的問題。

接著，人們湧了出去，笑著走過街道。從遠處一望就明白，他們是去看球賽的。人們走到拐角處一座電影院那兒，還回頭向小酒館的玻璃門招招手。酒館裡面有兩個人向他們點頭致意。

一個是老頭尤巴，大夫不讓他看足球，因為他在球場中過兩次風；另一個是酒店老闆，因為他要經營酒店。球迷們轉身朝前走，手舞足蹈，為自己的球隊加油打氣。他們的上方有一張海報，是該區電影院準備放映的電影，名叫《星期天不舉行葬禮》[1]。如果從小酒店玻璃窗望去，就成了《星期天舉行葬禮》，因為拐角處有座樓房，正好將「不」字擋住了。球迷們興高采烈地朝前走，每個人都堅信本隊必勝。他們經過我們的長街，已經走得很遠，看過去只是一個個小黑點了。

一輛電車從側面開過來……球迷們再一次回頭招手……隨後抄近路向車站奔去。三點鐘的時候，酒店老闆按了一下配電盤開關，一直在看書的那小夥子頭上的抽風機緩慢地轉動起來，紅色小燈泡亮了。老闆故意從高處灌啤酒，滴答的聲音弄得很響，可那小夥子繼續看他的書，甚至還發出了笑聲。老闆在他面前晃動著兩隻手，遮住他的書。那年輕人也只付之一笑。老闆說：「他不看別的，也不聽別的事，抽了十二根菸，我給他送了五杯啤酒。我真想知道，他什麼時候到那門上寫著『男』字的地方去。這年輕人夠了不起的，不是嗎？」老頭尤巴坐在年輕人對面，他把手一擺，頭一搖，意思是：再說什麼也白搭。

進來一位顧客，誰也沒有注意他。那人是個小個子，背有點兒駝，灰白頭髮，手裡提著一個裝有酸菜的飯盒。哪有星期天下午提一盒酸菜的呀，你們說說看！小個子老頭要了啤

---

1 編註：《星期天不舉行葬禮》（*On n'enterre pas le dimanche*），米歇爾．卓奇（Michel Drach）執導之一九六〇法國黑色電影。

酒，把盒子放在面前，大概是怕忘記帶走。他搓了搓手，透過玻璃門朝街上看。

老頭尤巴忍不住了，說：「了不起的年輕人？呸！咳，我倒想要看看，那個野小子讀的是什麼書，八成是什麼黃色玩意兒吧……要不就是講兇殺的。肯定是用這樣那樣的外國手槍，或者步槍？真是麻木不仁！大家都看足球，可這位少爺卻在看書，呸！」酒店老闆也厭惡地瞧了那青年人一眼。

事實上那是位相當俊俏的小夥子。他身上穿的那種毛衣是只有媽媽或者愛著他的姑娘才織得出來，大概有幾公斤重。他脖子上圍著紅圍巾，很好看，有點像農村的樂師。他的圍巾上還打著小結，像巧克力糖紙上的小貓那樣。他低著頭，頭髮亮閃閃的，彷彿在油裡浸過一樣，瞧他似乎還滿得意的！

這時候，酒店老闆彎下腰來，半蹲著身子，抬頭仰視小夥子的面孔。他看了好大一會兒才站起來說：「你們扶我一下！這個無賴要哭了！」他說著，指了指讀書的人。可那小夥子仍舊抽他的菸，眼淚滴答嘀答地落在書上，像龍頭滴出的啤酒聲，旁邊的人都能聽到。

老頭尤巴火了：「還真是個混帳東西，我們想著的是足球賽，他卻像牛一樣笨，像小姑娘一樣哭哭啼啼，呸！」說著往地上啐了一口。

帶著飯盒進來的顧客攤開手說：「是呀！就因為如今的青年沒有什麼理想。我在那個年紀，已經在ＤＦＣ[2]踢球了。著名中場球員麥爾茨在盧布爾雅那摔倒了，由科熱魯赫，有史以來最優秀的中場球員替代他[3]。教練約翰·狄克[4]對我說：『你在左邊踢內線！』我雖然是踢右翼的，代表四號踢第一場球時是在內線。有一回，狄克從遠道打來一個電報給我說：『你真幸運，右翼在戈羅堅卡[5]倒下了！』我就這樣又踢起右翼來了。」

那位顧客看著老頭尤巴——我們小酒店的足球行家。老頭尤巴問道：「您知道吉米嗎？」顧客回答說：「您指的是和庫亨卡一起踢球的那個人吧？怎麼會不知道呢？不過吉米只是他的教名，他的全名是什麼？」

場面一下子寂靜下來，老頭尤巴驚得發呆了。顧客扮了一下鬼臉說：「您哪裡會知道呢？他的全名是吉米·奧塔維，英國人，是個出色的運動員。」老頭尤巴不服氣，又問：

---

2 編註：布拉格德國足球俱樂部（Deutscher Fußball-Club Prag，簡稱DFC），為歐洲一九〇〇年代初的頂尖足球隊之一。

3 編註：羅伯特·麥爾茨（Robert Merz），奧地利足球選手，曾於布拉格德國足球俱樂部效力。卡雷爾·科熱魯赫（Karel Koželuh），捷克網球、足球、冰上曲棍球選手。

4 編註：約翰·狄克（John Dick），蘇格蘭足球選手、領隊。

5 戈羅堅卡（Gorodenka）位於前蘇聯境內，今為烏克蘭西部城市霍羅登卡（Horodenka）。

「那麼坎豪瑟[6]又是什麼人呢？」顧客很輕蔑地將手一擺，說：「您把坎豪瑟攬進來做什麼？他到一九二四年才進丙級隊！」

年輕人又摸了一根菸，用菸頭點著它，彈了一下發黃的手指，可能被燙了一下，但他還繼續看他的書。突然他咯咯大笑起來，像海鷗叫。老頭尤巴氣得跳起來，用拳頭在書旁邊猛擊一下，大聲吼道：「你這個小崽子！誰也不許這麼譏笑我！」他吼完之後又坐下了。小夥子看書看得那麼起勁，興奮得流起汗來。他擦了擦前額，又解開圍巾，把毛衣捲起來。他只愛看書，看得上勁了就不顧一切，甚至做出蠢事來，狠狠地敲了一下桌子。酒店老闆又端出一杯啤酒，衝著他的耳朵喊道：「你這個野小子，這兒還有別人！別在這裡撒野，還是到外面去鬧吧！」

但年輕人仍舊看他的書，仍舊哈哈笑著。他從老闆手裡接過啤酒，一飲而盡，感到愜意至極；同時依舊兩眼朝下，盯著他的書。老闆用手拍了他一下說：「一共六杯啤酒，二十一根菸。我們碰上這種年輕人，真沒有法子！天哪！我的兒子要是這個模樣，我就狠狠敲掉他的下巴！」他一邊嚷，一邊指著自己，好像要去撕碎那年輕人的臉似的。接著他又說：「可從教育的角度看，你能這麼做嗎？這些年輕罪犯會叫警察來抓你的！」

酒店老闆關上抽風機，紅色小燈泡熄滅了。這個場面才宣告結束。

老頭尤巴轉過身來，言不由衷地說：「先生，對熟悉足球的人來說，唯一能代表里亞爾俱樂部踢球的只有比坎[7]，他正在走紅。」那顧客將酸菜盒推開，大聲說：「哪兒的話！比坎還算不上什麼好中場球員，只有科熱魯赫才可以代表里亞爾俱樂部。這小夥子很有團隊意識。為什麼？因為我跟他一起踢過右翼。」顧客說著，將飯盒拉向自己，用手指夾了一把酸菜塞進嘴裡，大口地嚼起來。還請別人說：「吃吧！這玩意兒對健康有好處。」可是老頭尤巴不領情，好像他什麼都可以吃，就是不能吃酸菜，一吃就要嘔吐。他坐在桌子的另一邊，顯得那麼矮小，可憐兮兮的。

一直在看書的年輕人，這時站了起來。誰也不會說他是條魁梧漢子。他手捧著書，姿勢很好看，好像一生沒有做過別的事，就是捧著本書。他用文雅的動作移開椅子，站到酒店中間，還是看他的書。那一頁肯定很吸引人。接著，他朝酒店後面走去。那兒有個箭頭和兩個〇。他推開門，若無其事地朝前走，他似乎對這兒十分熟悉。他穿過從前的俱樂部。從前這

6 卡爾·坎豪瑟（Karl Kanhäuser），奧地利足球選手，曾於布拉格德國足球俱樂部效力。

7 編註：約瑟夫·比坎（Josef Bican），奧地利、捷克足球前鋒。被認為是史上進球第二多的職業足球選手。

兒有個櫃子，陳列著當時的隊旗獎盃。那時候，在郊區的球賽還相當棒。如今老闆在這個原來放陳列櫃的地方擺滿了礦泉水和啤酒箱。

「這個人真怪！」老闆關上門，指著門那邊說。從以前的俱樂部那兒傳來了響聲，是瓶子相撞的聲音。老闆把門推開，好讓大夥兒都看到，那個年輕人撞著了空酒瓶，但他還在看書。他扶著門把，走進男廁所。老闆踮著腳走到廁所門前，將門推開一條小縫，朝裡面瞅了一眼就關上了。他穿過俱樂部，回到酒廳，搖了搖頭，無可奈何地說：「樣子真難看，那笨蛋一邊撒尿，一邊還捧著書在看，嘴唇咬得緊緊的。這真是稀奇事。我當了三十年的酒店老闆，可從來沒有見過這種事。我真不明白，不明白。這一代年輕人將來還不知道會怎麼整我們！」老闆點點頭，說話像個算命先生。

老頭尤巴帶著懷疑的神情說：「您到底參加過國際比賽沒有？」那顧客說：「參加過好幾次呢！在斯德哥爾摩，人家可好好收拾了我一頓。我被壓在邊線，閉著眼睛往前衝，那個瑞典中場球員踢了我一腳。後來在醫院裡，有個女廚師對我說：『那簡直是閃電戰，連撞了三下。』不過我的腿沒有骨折，只是膝蓋受了點兒傷。幸好布拉格有這方面的專家，名叫約翰．馬登[8]。」

年輕人從原來的俱樂部那兒回到了酒廳，他還在不停地看書、抽菸，吐出的煙霧像小提琴的譜號。他靠著門框，一隻皮鞋直立著，鞋尖頂著地板……隨後走到酒廳中間，皺起眉頭，書的內容使他大受驚嚇……他搖搖頭，擦了幾回眼淚，淚珠兒像冰雹一樣滴到老頭尤巴的手背上。老頭尤巴跳起來嚷道：「誰也不許在我這見哭哭啼啼的！」小夥子搖搖頭，走開了，差點兒癱倒在桌子旁。

老頭尤巴瞪起兩眼對那位顧客進行反攻了：「是誰在什麼時候什麼地方聽說過約翰・馬登是治膝蓋的專家?他不是斯拉維亞隊[9]的教練嗎?」他說著，望了望正在賣東西的酒店老闆。那位顧客正準備將一撮酸菜往嘴裡送。他抬起頭，又將酸菜放進飯盒，回答說：「您知道的可真不少。約翰・馬登是治踝骨的高手。布拉格所有芭蕾舞演員都去找他。人們送我去他那裡的時候，正好有位衣著漂亮的舞蹈演員在他那兒。馬登對我說：『不用害怕，我會把你的腿還原的。』說著，又給那個女演員按摩……這就是約翰・馬登。當然，他也是斯拉維亞隊的教練……」顧客說著，夾起一點兒酸菜，歪著頭，往嘴裡塞去。

8 編註：約翰・馬登（Johnny Madden），蘇格蘭足球選手、領隊。

9 斯拉維亞隊（SK Slavia Praha），捷克著名足球隊之一。

老頭尤巴，這位在我們小酒店公認的足球行家，這時候坐在那裡感到很尷尬，他摸了摸光禿的頭頂，好像有點兒可憐自己。他自言自語說：「不中用了，不中用了。」真的，自從那位顧客來到之後，他便覺得自己越來越渺小了，連脖子也縮短了，兩個肩膀之間的腦袋也變矮了。酒店老闆不想讓氣氛繼續緊張，按了一下抽風機開關，小紅燈泡亮了起來，機器又轟隆隆響了。他說：「我真想知道，這種人從哪兒弄到的錢。對我來說，五個克朗可就是一筆真正的財富啊！」老頭尤巴說：「那傢伙反正會進勞改所的，你們看吧！整整一個下午，斯巴達隊[10]在聯賽中為保住名次而戰，可這位少爺卻在酒店裡鬼混，一根接一根地抽菸。看他這傢伙會有什麼好下場，說不定他還會因為殺害哪個什麼女攤販而去坐牢！」

年輕人叫喚起來：「咳！下流貨！」他繼續看他的書，抽他的菸，同時招了一下手，表示要結帳了。他還指了一下盤碟的邊緣[11]。

老闆說：「你們看到了，聽到了吧？我已經害怕對他說什麼了……如果讓康米紐斯看見，那就好了。」他點了點頭，結帳說：「十七克朗。」

年輕人從口袋裡掏出幾張紙幣，像那位顧客夾出酸菜一樣。他憑感覺分辨出兩張十克朗，放在桌子上，那姿勢就像鋼琴家的手伸到鋼琴的低音部那樣。小夥子用手示意小費在內，不用找零了。剩下的錢，他捏成一團塞進了口袋。可是，老闆將三克朗紙幣放到他的書旁說：「這是給您找的零錢。我可不願意與罪犯有什麼瓜葛。」

大夥兒看著年輕人先是在菸灰缸裡熄滅菸頭，十分認真，像按門鈴一樣……接著從桌布上摸起一根菸，含在嘴裡，取出火柴……將三克朗點燃了，再藉燒著的紙幣點燃香菸……繼續看他的書。他大口抽菸，同時揮動著燃燒的紙幣，直到感覺燙手了，才將那張像揉過的複寫紙一樣燒黑了的錢放進菸灰缸裡。他用食指撐著腦袋，大拇指頂著額頭，有意裝得像一尊雕像。

老闆啐了一口，彎下身子，低聲說：「這種人什麼都瞧不起。聶姆曹娃[12]的外祖母為了一根羽毛，還要跨過籬笆去找，這個殺人犯卻燒著克朗來點菸抽！那錢肯定不是他掙來的。他大概多大年紀？二十一歲？等他長到三十歲，會做出什麼來？一定會燒掉整個酒店……」

---

10 斯巴達隊（Sparta Praga），捷克著名足球隊。

11 在捷克酒館，每端上一杯啤酒便用鉛筆在碟子邊上劃一道以便計數。

12 鮑日娜·聶姆曹娃（Božena Němcová），捷克著名女作家，代表作為《外祖母》（*Babička*）。

老頭尤巴又自討沒趣地說：「那個弗朗齊歇克．斯沃博達[13]怎麼樣？」頭髮灰白的顧客像對小孩講故事一樣和氣地說：「啊，弗朗齊歇克？他是條好漢，像坦克一樣，但他還沒法和科熱魯赫相比。弗朗齊歇克是怎麼衝著薩莫拉[14]射進第二個球的，直到今天，薩莫拉一回想起從邊線射來的那顆『炸彈』就氣得從床上跳起來。可是弗朗齊歇克喜歡挑戰。如果您經常看球，就會回憶起他和匈牙利人的那場惡戰。費倫茲瓦洛斯的圖拉伊以粗野出名，札爾蒂身材高大，是個怒氣沖天的巨人[15]……而斯沃博達那輛坦克，就在他們中間橫衝直撞。可是集體的踢球看不到了，這只有科熱魯赫清楚。為什麼？因為我和他一起踢過邊球……懂嗎？」灰白老頭問。他並不比老頭尤巴大多少。這時候，尤巴對這些話已經不大在乎了。他舉著杯子，喝他的啤酒。

室外陽光明媚，右邊是藍色的影子，我們街左邊的樓頂在閃閃發光。那張變成了《星期天舉行葬禮》的電影廣告吸引著行人，是用霓虹燈打出來的，光怪陸離，彷彿孩子們用上百面鏡子在照著我們的酒店。後街有電車行駛，但乘客很少。附近的主要街道上行人川流不息。有大人，小孩，還有搖籃車。坐在抽風機下面的那個小夥子站了起來。街上射進的光芒照著他的全身。他一邊看書，一邊摸著掛衣架，弄平他的袖子，姿勢很可笑，活像個稻草人，但他還在繼續看書。

那位顧客也結了帳，錢放在碟子旁邊，他拿起裝酸菜的飯盒。老頭尤巴也站了起來，像搶救生圈一樣抓著飯盒，說：「您是不是想說，那次我們球隊踢得很差勁？」說著，搖搖飯盒。站在他對面的這位顧客也扶著飯盒，手還有點兒發抖，差點掙脫了老頭尤巴的手，說：「只要不耍花招就成。那時候，我只不過虛晃了兩下，全隊就嚷起來：『快傳球！要不然你星期天就別上場！』有個波羅維奇卡，是個技術很高明的球員……但對全隊有什麼用？還有那個古切拉，了不起的球員！可那個葉利尼克也跟著亂嚷。按我的了解，憑良心說，像我在評審面前發誓說的那樣：踢得最好的球員，各個時期都算是最優秀的運動員，就數科熱魯赫……為什麼？因為我和他一道踢過右翼。」[16]說著，他從那已經打不起精神來的老頭尤巴手

13 編註：弗朗齊歇克·斯沃博達（František Svoboda），捷克足球選手，司職前鋒。
14 編註：薩莫拉足球俱樂部（Zamora CF），西班牙薩莫拉市的足球俱樂部。
15 編註：費倫茲瓦洛斯體育俱樂部（Ferencvárosi Torna Club），匈牙利最著名的足球俱樂部之一。約瑟夫·圖拉伊（József Turay）和蓋薩·札爾蒂（Géza Toldi），皆為匈牙利足球前鋒。
16 編註：雅羅斯拉夫·波羅維奇卡（Jaroslav Borovička）、魯道夫·古切拉（Rudolf Kučera）、約瑟夫·葉利尼克（Josef Jelínek），三人皆為捷克足球選手。

裡奪過他的飯盒。

他朝街上一望，只見電影海報櫥窗旁邊站著一位漂亮女人，像隻小貓，嘴裡含著東西在觀看海報。那顧客被她吸引住了：「老兄，這才是真正的女人！上帝啊！這麼棒的女人！她可能需要點什麼吧？當然，如今沒有任何男人，沒有任何男人懂得這種女人……這才叫真正的女人啦！」他搖搖頭，從櫥窗旁那位女人的身上看到了他所嚮往的典型。那女人轉過頭來，徑直走到我們酒店門口。她拎著小提包，嘴裡嚼著糖果，那一身打扮像靶場上的女主人。她站在玻璃門外，酒廳已經暗下來了。她轉了個身，顯露出她那美麗的曲線和身材。那位顧客說：「這就是我理想中的女人。」

顧客提著酸菜走了出去，不知怎麼回事，竟然有點兒神魂顛倒，一直尾隨著那個女人。

年輕人弄平了第二隻袖子，將菸頭扔在地上，還用腳踩了一下，仍然兩手捧著書，然後騰出一隻手來推開玻璃門，走了出去，向右轉，讓玻璃門大敞著就走了。

酒店老闆說：「他一聲也沒吭。」說著，上前去關門，可是關不上。他走到酒店門外，對著小夥子的背後大喊了一聲：「你這個無賴！」然後，砰的一聲，將門關上了。

玻璃門咯吱地響著，老闆愣了一會兒，說：「尤巴，我真怕開門，沒有砸壞什麼吧！」

尤巴搖搖頭。

大夥兒都坐著，透過玻璃門往外看。街上有不少人在排隊買電影票。老頭尤巴透過彩色燈光瞅了瞅《星期天舉行葬禮》的海報，吐了一口唾沫說：「這張海報真荒唐，但願它不要與我們的球隊有什麼不吉利的聯繫……」老闆已是非常的不耐煩，那位帶書的小夥子沒讓他賺什麼錢。他還得用刷子洗杯子，對著光瞧瞧看是不是洗乾淨了。他這樣做，只是為了不想一眼就看到走到我們街上來的那些球迷。

老頭尤巴大聲嚷著：「他們過來了！」

第一個走到我們這條街的是胡里赫先生，其他的常客跟在他後面。所有的人都顯得個子矮小，衣服皺巴巴，彎腰駝背的精神不振。他們的衣服像挨雨淋溼了緊貼在身上。在《星期天不舉行葬禮》的海報下面，胡里赫先生摘下帽子，用它敲敲地面，其他人都在安慰他，想讓他高興點兒。他也許為了讓大家看到他有多難受，就脫下外衣，將它扔到地上，站在上面蹦跳著。

老頭尤巴說：「我覺得不大對勁，可能只踢了個平局。」他看到胡里赫先生要抓門把手，立即替他開了門。胡里赫一頭栽進酒店，身子晃了一下，就攤在椅子上了，一隻眼睛呆望著遠方。其他球迷走了進來，等著胡里赫先生說點什麼。他站起來，脫去上衣，往地板上一甩，就又坐到椅子上了。他說：「所有十一名隊員，沒有客氣可講，所有十一個人，統統下放！」他用手指著他所想的方向，「下放到亞希莫夫[17]去！」

老頭尤巴走近玻璃門，朝外望了望。可他竟沒有看到，那個漂亮女人又回到我們這條街上來了，還不停地揮動著小提包……在她身後三公尺遠的地方，緊跟著那位踢過右翼的人。那人像在夢幻之中跟在她後面，手提著酸菜飯盒，彷彿在尋找水源……一會兒，那個女人轉了彎，走進了電影院，手提飯盒的人也轉了彎跟著她進去……

老頭尤巴佇立在玻璃門門口，雙手交叉在胸前，彷彿站在歧途上的耶穌。要是有人從旁邊打量他，就會發現老人的臉上正流著眼淚。可是，酒店老闆已在給人們上滋補提神的飲料了。

17　亞希莫夫（Jáchymov），捷克西部一礦區城市名。

巴蒂斯貝克先生之死

幾乎一整個下午還有晚間，他們一直躺在小汽車下面的布袋上，安裝後車避震器。

「彈簧怎麼會斷呢？」父親生氣地問。

「怎麼會？我們是夜裡開車回家的。」貝賓大伯說著打開了車燈，「斯拉維克跟我說：『大伯，反正我們撿回了一條命，這車給你去開吧！』儘管我已年過七十，眼力不濟，可我還是開了。你知道嗎？我們只掉進溝裡一兩回。」

「以後什麼時候再把我的車借給你們吧！你要熟悉它！你們是不是常搭斯柯達？」

「不常。」貝賓大伯說：「剛好六次。可糟糕的是，行車當中，底座掉下來了，我們只好將它搬到車頂上，放到那張床上。」

「什麼床？」

「我們給一個屠夫運的床！可那個屠夫卻坐在車裡。」

「嗯，」父親不樂意地哼了一聲，「難怪車上有刮痕。看我以後什麼時候還把我的車借給你們用！」他大聲說著，將鑰匙往車裡一扔，乾燥的塵土一直噴到他的眼睛裡。但那是在摩托車錦標賽之前發生的事。他們很快換掉了斷裂的彈簧，在後車原來有座位的地方用鐵絲拴了幾把院子裡用的摺疊椅。因為五年以前父親就打算改裝斯柯達四三〇了，準備將沙發椅去掉，安上座位。後來他和媽媽一起，想找個日子將所有東西都清洗一下，再往後車廂墊上幾張乾淨的紙，這樣一來，斯柯達就又會像個樣子了。

可是現在，每當我們開車去到一個什麼地方，就有人說：「怎麼搞的，為什麼你們那輛車總是沾滿泥土？是不是你們在保護國時期[1]把它沉進易北河裡了？」父親聽了很不高興，因為那是事實。還有人故作驚訝地問：「你們一家人待在車裡，像不像蹲在澡盆裡？」這是因為我們把車裡的座位拆掉了。出去遊覽時就坐在裝奶油的箱子上。但這不過是暫時的，父親已經有個長遠計畫：在地平線上將出現一輛漂亮的軟座斯柯達四三〇！

為了去觀看捷克斯洛伐克摩托車錦標賽，他們在車裡安裝了兩把座墊椅，後排還用鐵絲綁上了一把院子裡的摺疊椅。母親做了炸豬排，在一公升的美極[2]醬料瓶裡裝了健胃飲料。午夜過後，全家便動身去布爾諾觀看摩托車比賽了。

在景色秀麗的田野上，我們吃完了炸豬排。父親睡著了，母親和大伯躺在樹林邊上，緊

1 指二次大戰中，德國納粹占領捷克時期。

2 編註：美極（Maggi），食品品牌，一八七二年於瑞士創立，產品包括速食高湯、高湯塊、番茄醬等調味料。

靠著去法里諾維的拐彎處。飲料瓶裡不時發出滋滋聲，是大家在觀看比賽時開瓶喝水。一二五CC比賽只剩下最後一圈了。吹號通告第一個騎來的是弗朗達．巴爾托什[3]。他自信、沉著，幾乎是靠在他那顆OHC[4]引擎上。賽車路線上，響聲隆隆，旁邊有二十五萬名觀眾在不停地歡呼。弗朗達看到人們鼓掌、揮動頭巾和帽子、高呼光榮光榮。他不緊張、不膽怯。他從來就不害怕，只是有點兒擔心熄火或者活塞卡住。他到達最後的拐彎處也不放開油門，只是踩著車朝前騎。貝賓大伯反正看不大清楚，乾脆聊起天來：「去年，我參觀了大主教的住址，那院子一片荒涼，到處是落葉，只有一個老太太坐在那兒削蘋果。死去的大主教科恩[5]要是見到這情景，準會跑到老太太身邊去踢她一腳，問她為什麼不打掃。那位大主教性情暴躁。他年輕的時候，勁頭十足，喜歡找女人。後來，大主教跟一名女廚師搬到了提洛[6]，為了想更加靠近上帝。」

母親和坐在輪椅上的一位先生在說說笑笑。這個人是在星期天晚上由他的親戚推到這兒來的。因為到半夜的時候，公路已經封鎖，他回不去了。

大伯將一把椅子搬到輪椅前面，說：「這個地方，正像我有一回陪同一位文雅的美女經過的一個地方。那位姑娘名叫赫達。當時她對我說：『跟我一起到墓地去走走吧！』我那時是最出色的美男子，像菲比赫[7]一樣陪著她：心裡有點不痛快。她卻圍著白圍巾，站在墓旁，像個女王。她對我說：『現在咱們來點兒浪漫的吧！』於是我同她一道沿著石板路走去。那兒就像波士尼亞與赫塞哥維納的下杜茲拉。赫達坐在岩石上說：『您一直在做什麼？很久沒見到您了。』我告訴她說我胸口疼，讓她以為我在作詩。她將遮陽帽放到一塊石頭上，仰面躺著，凝視天空。螞蟻爬到我身上。她說：『您知道嗎？我母親喜歡您，不到我們家去吃晚飯嗎？』我沒有回答，因為她弟弟得了梅毒。赫達姑娘接著對我說：『我怎麼感到呼吸有點兒困難，大概該進墳墓了……』我對她的話一再表示贊同，並安慰她說：『按照詩人的想法，世界上最美之物便是死去的美女。』」

坐在輪椅上的男子看著母親的眼睛，激動地說：「真可惜，太太，曼多利尼[8]在訓練的

3 編註：弗朗達．巴爾托什（Franta Bartoš），捷克摩托車選手。

4 編註：頂置凸輪軸（Overhead camshaft，簡稱ＯＨＣ），現今流行的汽車引擎氣門機構。

5 編註：提奧多．科恩（Theodor Kohn），捷克奧洛摩次（Olomouc）第七任大主教。

6 提洛（Tirol），位於歐洲中部的一地區，目前分屬奧地利和義大利兩國，比起捷克離羅馬教廷更近一些。

7 茲德涅克．菲比赫（Zdeněk Fibich），捷克著名音樂家，著有愛情歌劇和交響詩等。

8 編註：朱塞佩．曼多利尼（Giuseppe Mandolini），義大利摩托車選手。

時候臉受傷了，要不然他可以向巴爾托什示範，讓他看看該怎麼開車。」

「得了吧！」我媽不以為然地說：「依我看，巴爾托什先生照樣可以把曼多利尼撞倒。」

「太太，說什麼都可以，就是別說這個。但願曼多利尼別受傷。」那男子大聲說。

「那倒是。」母親喝著瓶裡的飲料。

「我們等著瞧吧，」身障者搖搖頭，「現在我們說的是三五〇CC。太太，您等等就知道了，他是真了不起！巴蒂斯貝克[9]將會戰勝所有的選手，包括什加斯特尼[10]！」

「那個巴蒂斯貝克是德國人嗎？」大伯問。

「德國人。」男子小聲回答，整理了一下他墊著的毯子。

「那他會贏的。因為德國人都是些厲害傢伙。」大伯嚷著：「那個卡拉菲亞特博士是雄鷹隊的隊長。他還沒有結婚，像我一樣帥，戴副夾鼻眼鏡，思想很開放。有一回，他帶著我們去蘇赫多爾鎮練球，返回的時候，我們不得不經過一個名叫魯納肖夫的德國人住的村莊。半路上我問博士先生：『您為什麼不結婚？』他對我說：『真正的男子漢是大自然的點綴，也因此而英俊。這樣的男子永遠不會讓一個老太婆提著夜壺在他房間裡亂竄。』我們一邊聊著，一邊走過德國人的村子魯納肖夫，還唱著愛國歌曲。可是我們那些可愛的鄰居，已經手持棍棒，嚴陣以待。我們剛開始唱：『雄獅般的力量，雄鷹一樣飛翔……』那些傢伙就動手了，把卡拉菲亞特拉下了馬，還揍了我們一頓，大家只有乾瞪眼。博士先生的一隻眼睛被打腫了，鼻子被打歪了。我後來還去看望過他幾次。」

「巴蒂斯貝克心腸很好。」身障者老人插進來說，用手杖在毯子上戳了一下。

「這麼說，您覺得什加斯特尼先生心腸不好？」母親瞪著兩眼問道。

「誰說他不好？好。可是什加斯特尼先生駕車的時候怒氣沖天，一個勁兒地叫嚷，連頭髮都豎起來了。」

「是的，先生。可怒氣算不了什麼，」大伯點點頭說：「本來應該登皇位的斐迪南[11]也常愛發脾氣。那個高個子廢物，屁股像個老太婆，本應該像瑪麗亞·特蕾莎[12]一樣做皇帝

9　編註：漢斯·巴蒂斯貝克（Hans Baltisberger），德國摩托車選手。

10　編註：弗朗齊歇克·什加斯特尼（František Šťastný），捷克摩托車選手。

11　法蘭茲·斐迪南（Franz Ferdinand），奧匈帝國的王儲，被人刺殺，成為第一次世界大戰的導火線。

12　瑪麗亞·特蕾莎（Maria Theresia），曾為奧匈帝國女皇。

的，可是他在王子打獵場碰見一位肩背柴火的老太太，竟在她背上點了一把火。還有一回，他揪住一個園丁的腦袋往牆上撞，原因不過是溫室裡的一個花盆被弄破了。」

「您聽見了吧，夫人？」身障者指著大伯說：「在五〇〇CC上，您會看到巴伐利亞人是怎麼整弗朗齊歐克的。不論是克林格爾，還是克尼斯，都那麼做[13]。昨天下午，我在皮薩爾卡見到弗朗齊歐克躺在訓練室，他的五〇〇CC也停在那兒。我覺得他已經完了，他的二〇CC車不是曾經著火燒了嗎？不過一點兒也不假，弗朗齊歐克很會躺著裝蒜，我也不能冤枉他。夫人，您知道，躺著也是一種藝術！當然，別人的身邊沒有車，沒有他那火爆脾氣的人用的車。車子一定要是那種將開車人弄得筋疲力盡的，但什加斯特尼正好相反。他的膽量可是數一數二的，誰也沒法跟他比。我說，夫人，誰也沒法跟他比。」

「普熱米斯爾家族[14]的人恰恰有這種勇氣，」大伯高興地說：「那些應徵入伍的人，將德國佬和他們的市長狠揍了一頓，把他們趕到啤酒廠，還在市長先生的脖子上扎了一刀做為紀念。」

「這我聽了很開心，」身障者說，「誰能比我更了解，什麼是偉大的心？我只有一條腿了，還繼續騎摩托車！但要是我的第二條腿也失去了呢？」

他說得很傷心，他抬起兩隻手，但不一會兒又扶在椅子的黑扶手上了。

「對不起……」母親低聲說。

「這沒有什麼，夫人，還有教人高興的事呢！我用摩托車後面的小拖車送我的弟弟，我的左腿已經鋸掉了，裝了義肢。我們騎著騎著，小拖車翻了。我的義肢正靠著小拖車的欄杆。一股慣性力將我的義肢、皮褲，還有我弟弟一起掀到了溝裡，我也倒了。可那枝義肢彈起來正好掉到趕集回來的兩個婦女面前，其中一個嚇得昏倒了。我可是一點兒事也沒有，還去撿我的義肢。正當我往上拿這條腿的時候，那位膽大一些的婦女也嚇得倒下了。我只有一條腿倒沒什麼過不去的，可現在……我感到很尷尬，很不好受……」

他的眼睛望著別處，坐在輪椅上發呆。貝賓大伯安慰他說：「哈夫利切克[15]和耶穌也一樣，儘管他們都是美男子，可是他們從來不笑。假如我成了世界思潮的代表者，我就不能出

13 編註：傑洛德・克林格爾（Gerold Klinger），奧地利摩托車選手。彼得・克尼斯（Peter Knees），德國摩托車選手。

14 普熱米斯爾家族（Přemyslovci），傳說中捷克古代公國的開創者。

15 卡雷爾・哈夫利切克・波羅弗斯基（Karel Havlíček Borovský），捷克政治家、記者、詩人，寫詩抨擊專制主義和教會統治，也是爭取民族解放，反對奧地利專制的先鋒戰士。

糗了。哈夫利切克有著鑽石一樣的腦袋，連教授們對他也稱讚不已。」

「好，」身障者說，「可我們別忘了，今天看的錦標賽也不是世界一級的。前年獲勝的是澳洲人坎貝爾[16]，晚上在盧尚卡為參賽者表演了音樂餘興節目。我騎著那輛舊車去了，參加了那位澳洲人的研討會，還請別人將我的話翻譯給他聽。我當時說：『坎貝爾先生，您是怎樣和傑夫．杜克[17]進行比賽的？』澳洲人回答說：『杜克是有史以來最優秀的選手，到現在為止，澳洲人最好的成績也比杜克落後半個輪子的距離。』坎貝爾這麼說，摩托車比賽的車迷們都高呼著：『杜克萬歲！』」

「這些人是這世界真正的裝飾和代表。正像我的朋友，日姆斯基一樣！」貝賓大伯高興地說：「五十四軍團的哈納人[18]，佩戴綠色肩章，從來沒有誰敢對他挑剔，甚至不敢正面看他一眼。酒店裡坐著五十來人，當有一個人開始攻擊我時，我的朋友日姆斯基便把桌子砸碎，把吊燈扯了下來。不一會兒，周圍的一切都成了碎片。四名憲兵受傷，死在醫院。其他的人跳窗逃走。日姆斯基站在鋼盔上又踩又踢，還往被困在裡面的女店員的假牙上踹了一腳。警察帶領消防隊來到的時候，對著日姆斯基的眼睛噴水。直到這時他才昏倒在地。可是在牢房裡，他又怒氣沖天，把那條像拴公牛的鐵鏈鋸斷了，把門框也砸了，還把獄卒揍了一頓。」

「世界上還有這樣的事兒！」這個幾年前還帶著一條腿騎過摩托車的身障人士喊道。他接著說：「夥計們，想想看，要是那個錦標賽做為世界錦標賽的一部分，那會怎麼樣？烏菲利八月分就會來到布爾諾，比爾·洛馬斯會開著 Guzzi 牌的車來，世界上的其他猛將，像約翰·賽蒂斯，阿姆斯特朗，可能還有杜克本人都會齊集布爾諾，那該有多光彩啊[19]！」

「那會像大主教科恩光臨我們這裡一樣。」貝賓大伯斷言說：「他是猶太裔的瓦拉幾亞[20]人，頭髮像淺黃的亞麻，戴一副金框夾鼻眼鏡，手指上是價值幾百萬的戒指，像夜總會的小妞那樣，臉上擦著宮廷用的香水，身上散發著氣味，就像火車頭總有一縷煙跟在後面。」大伯深深地吸了一口氣說：「那個主教到我們這兒來的時候，老太婆們想吻他的手，

16 編註：基斯·坎貝爾（Keith Campbell），澳洲摩托車選手。

17 編註：傑夫·杜克（Geoff Duke），英國摩托車選手。

18 捷克摩拉維亞（Morava）中部哈納地區（Haná）的人。

19 編註：卡洛·烏菲利（Carlo Ubbiali），義大利摩托車選手。比爾·洛馬斯（Bill Lomas）和約翰·賽蒂斯（John Surtees）皆為英國摩托車選手。雷吉·阿姆斯特朗（Reg Armstrong），愛爾蘭摩托車選手。

20 瓦拉幾亞（Wallachia），位於斯洛伐克與摩拉維亞之間。

可是被神父推開了，怕她們弄髒了主教的袖子。可是大主教主動吻了城堡的各位小姐。大主教斯托揚[21]也是個大善人，他給每個乞丐上酒，不管那些人能喝不能喝，還給每人一塊金幣。不過大主教鮑爾[22]的長相可難看哪！一臉的紅疙瘩，青筋直冒，教人看了難受。可是在做最後那次塗油儀式時，真怪，他的臉又好了。大主教普雷昌[23]，又是一個大善人，他拉著我媽的手說：『上帝祝福您，老媽媽，不讓人欺負您。』還給了她一塊奧地利錢幣。因為他喜歡那些老太太，認為她們是教會的支柱。他講經布道的時候，常愛說：『走進教堂的基督教徒，不要讓別人聞到酒味！』當然，所有的大主教又都是暴飲暴食的能手。那位普雷昌吃個小吃，一頓就能吃掉好幾隻鴿子。鮑爾在午餐時吃了一頭小豬崽，喝了半桶啤酒。」

貝賓大伯說著說著，三五〇CC比賽已經開始了。可是首先到達法里諾維拐彎處的是弗朗齊歇克．什加斯特尼的亞瓦OHC引擎摩托車。

「是那個圍紅圍巾的小夥子吧？」母親問。

「是的。」身障者說。第一批賽手的車響聲已經逼近村莊了。

母親扶著小白樺樹，伸著頭看車手們如何拐彎。當那紅圍巾像一條線似的從她眼前閃過時，她的心怦怦直跳。

「那個弗朗齊歇克騎車的姿勢怎麼樣？」她問。

「還是老樣子。」身障者說，眼睛卻望著別處。「我壓根兒就不覺得奇怪，跑頭幾圈時，荷蘭人都吃驚了：難道他們是跟在一個瘋子後面跑？可是當觀眾看到弗朗齊歇克駕車的風格是那麼標準，便都高興地叫起來。不過做為賽車手，我最欣賞的還是那位巴蒂斯貝克。」

「欣賞，欣賞，最主要的還是要看結果怎麼樣！」貝賓大伯說：「我們也和消防隊的水龍頭比賽過。那次是一座磨坊失火。磨坊的幾匹馬像發了瘋一樣。我們只好把水龍頭拖到著火的地方去。我們像騾馬一樣，全身汗淋淋地撲上去滅火。我用手抓著沉重的吸水龍頭，站在水池旁邊，按照操作規程等待著消防隊長發號指令。他吹響了銅號角，我聽著這聲音忘了將吸水龍頭放進水裡。消防隊員推了我一下，龍頭沒有插進水裡，我自己倒掉到水裡去了。隊員們只好用長竿將我打撈起來，因為我不會游泳。我為什麼去消防隊那裡呢？因為有位漂

21 編註：安托寧・西里爾・斯托揚（Antonín Cyril Stojan），第十任奧洛摩次大主教。

22 編註：法蘭提塞克・沙雷氏・鮑爾（František Saleský Bauer），第八任奧洛摩次大主教。

23 編註：利奧波德・普雷昌（Leopold Prečan），第十一任奧洛摩次大主教。

亮的姑娘要我去。她對我說，我用起斧頭和梯子來會更帥一些。隨後我們又用長竿從水池裡撈起吸水器。可這時磨坊的一半已被燒掉。我們將水龍頭安裝好，隊員們開始吸水。由於過度疲勞，我又掉到水裡去了，攪到水底的一些鐵鉤上，加上消防隊的吸筒又打著了我的腦袋，我昏過去了。大夥兒不得不將我弄醒，可這時，整個磨坊已經燒成灰燼。消防隊長一個勁兒地罵我，說我讓他們到手的勝利都丟掉了。」

廣播裡說，巴蒂斯貝克正在車庫更換零件，興頓[24]落在弗朗齊歐克．什加斯特尼後面整整一分鐘。但弗朗齊歐克按原來速度騎，兩人幾乎快靠在一起了。他在平坦的路上騎得太猛，轉彎時車速還有一九〇公里，只是稍稍放開了油門一點兒，結果歪了幾下，觀眾沒有鼓掌，沒有歡呼，只是目瞪口呆：弗朗齊歐克怎麼像發瘋一樣地開車，大概是想報復吧？

「但願他的點火器沒出毛病就好。」母親嘆了口氣說，喝了一口干邑。

「巴蒂斯貝克太有自信了，我看他騎第一圈的時候，就感到他很驕傲。」身障者說。

「他總是那個樣子。」大伯說：「從前，有個神父給我上宗教課。他名叫茲博什爾，是個來自普斯托麥爾的哈納人，兩米高的大個子。有一天，他在學校提問：『什麼是聖三位一體[25]？』一個男孩回答說，聖三位一體就是聖母瑪利亞的姊妹。神父像抓小兔子一樣地抓住那個男孩不停地推搡，還打傷了他的鼻子，揪著他的腦袋往黑板上撞。因為那個時候，按照康米紐斯[26]的理論，學生不允許驕傲，學校不能沒有教鞭。」

「肯定已經超過了兩分鐘。」母親將瓶蓋蓋上的時候說。

弗朗齊歇克的摩托車已經到了法里諾維拐彎處，他行駛得更加準確和大膽。他不是為了表演給大家看，而是為了自己。他認為就該那麼駕駛，為了開心，在生命的邊緣冒險。今天他運氣可好了，他從每個動作中都感覺到了這一點。觀眾平靜下來了，都感受到他那麼自信，也就不再擔心。弗朗齊歇克騎最後一圈時，觀眾不停地歡呼，揮手、拋手絹，用各種方式表達他們的熱情。車手到達終點時，坐著的人都站了起來。

二五〇CC比賽開始前有段休息時間。母親將一直睡在毯子上的父親叫醒了：「起來，快看看吧！可真好看哪！真精采！」

24 編註：艾瑞克．興頓（Eric Hinton），澳洲摩托車選手。
25 三位一體是基督教基本信條之一，認為上帝只有一個，但包括聖父、聖子、聖靈三個位格。
26 編註：約翰．阿摩司．康米紐斯（Jan Amos Komenský），摩拉維亞教育家、作家，是公共教育的最早擁護者，被認為是現代教育之父。

父親喝了幾口飲料說：「有什麼好看的？摩托車嗎？要是汽車賽就太好了！赫爾曼．朗格、魯道夫．卡拉西奧拉、塔齊奧．努沃拉里，夥計，五公升的排氣量，三個排氣閥，那才值得一看[27]！魯道夫．卡拉西奧拉說，他聽到抽風機的轟鳴聲時，他的生命才開始。對他這種說法，我一點兒也不覺得奇怪。」

坐在輪椅上的男子客氣地問：「先生，您認識卡拉西奧拉？」

「認識啊！」父親說：「他妻子舉行葬禮時，我就站在他身邊。他妻子是在阿爾卑斯山被雪崩壓死的。他這位冠軍一生都了不起。比賽獲勝之後，只喝一小杯香檳酒。」

「您見過什麼大型比賽嗎？」

「見過，」父親說。「我都記得！那次的黎波里錦標賽，一隻狼狗跑過來，擋住了優秀車手瓦爾齊[28]的路，這一下完了，瓦爾齊死了。」父親的敘述，就像在朗讀卡拉西奧拉的傳記一樣。「我還看到過蒙札錦標賽的悲慘訓練。一輛單人座的賽車漏油在路上。博爾札西尼和卡姆巴里的車打滑，兩人都摔死了[29]。一小時以後，札爾科夫斯基[30]上了這條路，也在這條潑了汽油的路上死掉了。他們都是從山崖掉進大海的。我當時坐在山崖下的一個小攤旁，屍體就擺在那裡。小攤販對我說：「連那些王牌選手也這樣躺在他那裡。」

「您認識博爾札西尼？」

「不認識，但我在旅館見過他開著電風扇，把贏得的錢一拋，在飛動的紙幣下跳舞。」

「科尼克斯瓦特伯爵的兒子也是這麼個性格！」大伯嚷道。「老科尼克斯瓦特被皇上封為伯爵。儘管他的祖父當時還拖著鞋在各個村子流浪，他本人卻住在城堡裡。他養了馬，馬棚裡還嵌著鏡子，說是馬一看到自己，吃起飼料來就會更有味。他的兒子娶了一個窮演員，兩人一起玩扔圈遊戲。他贏了很大一筆錢，老伯爵因此中了風。」

「這個故事真有趣。但是，先生，照您看，最好的汽車是哪個牌子的？賓士？ＢＭＷ？還是愛快羅密歐？」

「依我看，最好的小汽車是斯柯達四三〇，」父親毫不猶豫地說。「那種車性能可靠、暖和、操作簡單。還有呢，您可以往裡面裝一噸馬鈴薯。上個星期，我車上坐了六個人，車

27 編註：赫爾曼·朗格（Hermann Lang）、魯道夫·卡拉西奧拉（Rudolf Caracciola），皆為德國賽車選手。

28 編註：阿基萊·瓦爾齊（Achille Varzi），義大利賽車手。

29 編註：巴可寧·博爾札西尼（Baconin Borzacchini）、朱塞佩·坎帕里（Giuseppe Campari），皆為義大利賽車選手。

30 編註：斯坦尼斯瓦夫·札爾科夫斯基（Stanisław Czaykowski），波蘭賽車選手。

頂上還載了個櫃子。」父親說著，朝一個方向望去，他大概以為那兒正停著斯柯達車。

樹林中的揚聲器在廣播：「準備開始二五〇ＣＣ車賽。車道上沒有傳來消息以前，請大家拿起比賽日程，劃掉十八號，奧地利的奧頓格魯伯爾，在此人的名字上，填上瑞典的安德森[31]。他開的是諾爾通牌的車。請你們改好……注意！倒數二十秒，十五秒，十秒，五秒，二五〇ＣＣ的車賽開始！」

隆隆的車聲傳過來，越來越響。

揚聲器又宣布：「日別金傳來消息：巴蒂斯貝克駕車的速度驚人，一馬當先。緊追在他後面的是馬科斯體育隊的卡斯尼爾[32]。緊跟在他之後的，是大家所喜愛的澳洲人布朗[33]，他的頭盔上畫了隻袋鼠。參賽的車手們在平原上，正以時速兩百公里的速度你追我趕。」

首先到達法里諾維拐彎處的選手是漢斯．巴蒂斯貝克。他騎車那麼迅猛，母親除了看到一道白光一閃而過，別的什麼也沒看見。布朗緊跟在後。卡斯尼爾幾乎跟他並駕齊驅。他們的身後，只留下燃燒後的汽油混合味。

「漢斯．巴蒂斯貝克領先。但他那種駕駛我不欣賞，真的不欣賞。他騎得那麼猛，好像將全部賭注都押上了！」身障者說，用手杖敲了一下義肢。

「事故是從來都少不了的，」大伯說。「從前，我們那兒搞演習，現在已經駕崩的皇帝陛下同他叔父阿爾布列赫特一起親臨現場。他叔父齜牙咧嘴的樣子很難看。演習完了，在教堂做彌撒。我可沒有去，因為我當時在讀哈夫利切克的書和書報。突然，起了風暴，電閃雷鳴，擊中了教堂，管風琴也不響了，老太太們嚇得直往聖器室裡跑。可是神父卻用腿踢她們，罵教堂看門人不該讓那些老太太進去。但這位上帝的代表，嚇得只穿了一件襯衣。老太太們湧向祭壇，秩序亂糟糟的。她們以為是天花板塌了。可是助祭還在那兒敲鐘，以驅走狂風暴雨。他將繩索扯斷了，那些繩索咻咻地響著，打在老太太們頭上，她們一個個摔倒在地。」

揚聲器又在廣播：「漢斯．巴蒂斯貝克第一個通過維塞爾卡村，卡斯尼爾緊追在後，巴爾托什的車出現故障，退出了比賽。請工作人員注意：從日別金村到法里諾維拐彎處的廣播

31 編註：約瑟夫．奧頓伯魯格爾（Josef Autengruber），奧地利摩托車選手。斯溫．安德森（Sven Andersson），瑞典摩托車選手。

32 霍斯特．卡斯尼爾（Horst Kassner），德國摩托車選手。

33 鮑伯．布朗（Bob Brown），澳洲摩托車選手。

報告，側面風勢加大，有陣雨。」

「那就糟了。」輪椅上的男子嘆氣說。第一批賽車到附近的時候，他害怕朝前看。但他又忍不住要看，還是向前瞭望。只見朦朦朧朧的車隊進入林區，彷彿再也見不著他們了。

「這不是比賽，是折磨人的神經。」他說。

「比賽嘛，總是這樣的。」大伯安慰他說。「為了我，兩位小姐泡在酒吧裡。一位名叫弗拉斯塔，她對我說：『要是愛我就來呀！』我告訴她說我胸口疼。她生氣地說：『你這頭公牛，想要我用酒瓶來砸你？』不過這還是個好兆頭，因為那位弗拉斯塔可會討男人的歡心。後來，進來幾個屠夫，我給他們耍了幾招特技，大家玩得很開心。可是醫生不得不去給弗拉斯塔看病，我則由警察用推車送回家，像運送一卷地毯一樣。」

「那第二位小姐呢？」

「她為我而喝了李子酒。她是個好人，名叫茲登卡·瑪利科娃，在酒吧很讓我開心，龍騎兵[34]軍官都為她瘋狂。後來，她將我帶進房間，我教育她說：『莫札特是超乎自然之上的。』瑪利科娃卻說：『別講那些廢話了，你只有像個男人那樣才能制伏我！』於是我們就躺下了。後來我真想從窗口跳出去。可那是一樓，跳出去有什麼用？瑪利科娃在我身上磨來蹭去，還輕聲地對我說：『你現在可以隨心所欲地做點什麼了。』我開導她說，當史特勞斯聽到莫札特的樂曲《邱比特》時曾經說：『這讓我很不舒服』，瑪利特娃回答說：『我也因你而不舒服，你難道沒有看見我光著身子嗎？』我想開門逃之夭夭，可走廊上有隻狼狗叫了起來，我於是唱起了一首歌中的如下幾句：『你只屬於我呀，維奧利友……』我就這樣屈服於她了。」

這時候，賽車響聲隆隆。頭三輛車中有漢斯．巴蒂斯貝克。母親看到那個賽車手還在回頭張望，想知道後面的賽車手離他有多遠。可是，他在潮溼的公路上打了滑，前輪失控，他那輛有著銀白色車罩的摩托車撞上電線杆，連人帶車一起掉進了溝裡。接著隆隆騎過來的是卡斯尼爾。他和前輛車一樣，快速進到法里諾維轉彎處。

廣播又響了：「年輕的協會會員們，給我們寫信表示要參加比賽的朋友們！報名吧！考驗一下你們的勇氣！試一試你們在國內比賽的運氣吧！可我們從利斯科夫采得到的消息說，首先到達終點的是卡斯尼爾。三號巴蒂斯貝克在什麼地方？」

34 編註：龍騎兵（Dragoun），出現於十七世紀末、十八世紀初的歐洲兵種，同時接受馬術與步兵戰鬥訓練，配有火繩槍、馬刀和手槍。

「我已經料到了，我早就有預感！」輪椅上的人站起來說：「什麼倒楣事都讓我親自碰上：法爾瑪就曾經死在我面前的那塊地方；披拉王子[35]就是從我旁邊衝到觀眾當中去的。我說過，每次出事，我都在場。」

父親站了起來。

「別去那兒。」母親說。但父親還是跑進樹林，一直走上潮溼的田間小道，穿過公路下面的通道，走到公路的那一邊。巴蒂斯貝克先生就仰面躺在那裡。

「他摔下來的時候，頭正撞在樹樁上。」一位年輕人指著賽車手說。

父親很平靜。他跪到巴蒂斯貝克先生身旁，幫著護士取下他的頭盔。這可不大容易。精疲力盡的賽車手極力掙扎，彷彿要從他的軀體裡解脫出來。但這不過是臨死前的掙扎，不一會兒他就完全不行了，鮮血直流。

他用德語輕聲說：「我求您……替我問候……」

他的腦袋垂了下來，肌肉抽搐。當時太陽快要西落，他流淌出來的鮮血，如同閃爍的紅寶石。

樹葉叢中的廣播宣布說：「卡斯內爾剛通過維賽爾卡村，他後面是赫克[36]，兩人騎的都是德國車。我國選手正奮力往前追趕。克維赫和科什蒂爾追上來了[37]。親愛的觀眾，真精采呀！直升機像水面上的蜻蜓，緩緩上升，輕盈優美。可惜的是，無法從上往下將這樣的場面透過電視轉播出來。請觀眾不要靠近！直升機降落之前，還要撒傳單。大家別忘了：下星期日是航空節。」

父親看了看手錶。

一點四十八分。

大夫來了，捏了一下巴蒂斯貝克先生的手腕，俯身聽了聽他的胸部，然後站起來，面無表情地看了看。父親已經感覺到：沒有救了。

「他不知道是誰的兒子！」大夫說著，拿起頭盔，放在摔壞了的車上。

卡斯內爾在公路上飛快地奔馳著。他肯定知道，而且也會判斷出：巴蒂斯貝克死了。為了同伴的榮譽，他不能讓自己在駛進法林諾維拐彎處的時候那麼死氣沉沉的。他要大膽果

35 編註：披拉蓬・帕努德（Birabongse Bhanudej），暹羅王子、賽車手，第一位參加一級方程式賽車的泰國人。

36 編註：羅蘭・赫克（Roland Heck），德國摩托車選手。

37 編註：瓦茨拉夫・克維赫（Václav Kvěch）、伊日・科什蒂爾（Jiří Koštíř），皆為捷克摩托車選手。

斷，準確快速地駕駛，只要他的心臟、頭腦和摩托車允許，他要以最快的速度向前飛馳。

護士用綳帶纏住巴蒂斯貝克的頭，纏了一層又一層，但還是滲出鮮紅的顏色。

廣播中不大清晰地說：「我們隨時等待著二五〇ＣＣ比賽的優勝者。是卡斯尼爾，還是赫克？他們已經通過了科斯科維采鎮……直升機在我們這裡垂直上升，升到了五十公尺，一百公尺，紛紛撒下傳單。啊，是的，是卡斯尼爾！第二名呢？是赫克！兩名賽車手騎著輕巧的摩托車，因為車罩是白色的，活像兩隻白色的天鵝。」

母親告訴大伯，巴蒂斯貝克死了。貝賓大伯說：「真遺憾，我已經不是年輕人了，要不然，我可以坐在那輛車上去給他指點。過去，我在世界上最精銳的部隊中服役，那時候，當兵的像小姐那樣穿著緊身馬甲。一位軍校學員把制服借給我，還有上了漆的腰帶。我的頭髮是鬈的。攝影師克利奇在普羅斯傑約夫給我照了相。我的皮膚又白又嫩，像我的堂兄一樣。他是皇帝的侍從騎兵，身材魁梧、酒量不小，當時在那一帶算得上美男子了，體重一百公斤。他脫掉衣服的時候，像初雪一樣潔白。人們叫他美男子法尼內克。我的照片掛在普羅斯傑約夫城廣場的櫥窗裡，旁邊總是擠滿了姑娘。一位姑娘問另一位說：『妳喜歡哪一個？』那位姑娘就指著櫥窗裡我的那張照片。當時，我正在姑娘身後。接著我就默默地回家了。」

大伯這麼嘮叨著，可是輪椅上的男子垂著腦袋，眼淚簌簌地滴到了毯子上……

森林那邊，法里諾維拐彎處往前三百公尺的地方，有兩名勞動預備班的學徒剛剛醒來。他們是從霍穆托夫城[38]騎摩托車來的，騎了整整一個夜晚，跟成千上萬的摩托車手一樣，是來觀看錦標賽的。天剛亮的時候，他們和其他許多人一樣，經過布爾諾，七點以後，到達比賽路線。他們為巴爾托什獲勝而歡呼，也為什加斯特尼的大膽駕駛而興高采烈。不過他們畢竟太累了，休息時躺在大衣下就睡著了，醒來的時候，有點驚訝。

「你，你終於醒了！」

「我？你說過只躺一會兒的。」

「是呀，是說過。你為什麼一躺下就呼呼大睡起來了呢？」

「還說我，你也是隻瞌睡蟲呀！」

「那你就是睡美人。我們要是錯過了巴蒂斯貝克先生的車，那我非氣死不可。」他們一

38 霍穆托夫（Chomutov），位於捷克北部。

邊爭論，一邊朝比賽路線跑去。他們攔住第一位觀眾問道：「請問，二五〇CC比賽的車手們到了沒有？」

「到了。」

「誰是第一？」

「卡斯尼爾。」

「第二呢？」

「赫克。」

「第三名是誰？」

「科什蒂爾。」

「那巴蒂斯貝克在什麼地方？」

「在法里諾維拐彎處，是最後一個到達的。小夥子們，別上那兒去！」

這些從霍穆托夫來的學徒們，為的就是要看巴蒂斯貝克，因此，他們還是朝那兒跑去。他們穿過公路下的通道，然後看到：帆布下躺著一個人，旁邊停著斯波特．馬科斯牌摩托車。一輛米黃色的賓士小轎車靜悄悄地開了過來。早上，這輛小轎車停在摩拉維亞旅館前，還備受人們稱讚。這時，司機跳下了車，跑到溝裡，用兩個指頭摸了摸帆布，下面可能是蓋著的腦袋。司機拿起頭盔，看到樹椿上凝結的血痕。

揚聲器莊重宣布：「卡斯尼爾登上領獎臺，右邊是赫克，左邊是科什蒂爾。少女先鋒隊隊員將鮮豔的紅領巾繫在他們的脖子上。在我們上空，直升機高高地飛翔，一直消失在陽光裡。請大家拿出比賽日程，劃去二八號比爾·霍爾[39]，英國人，在他那一行裡填上庫爾蒂，匈牙利人，騎的是吉利拉摩托車。五〇〇CC比賽開始之前，請劃掉……」

「這麼說，巴蒂斯貝克先生真的死了？」那學徒手足無措地說，

39 編註：威廉·霍爾（William Hall），暱稱比爾，英國摩托車選手。

埃曼尼克

他不想回家，自言自語地說：「去喝杯咖啡吧！」天漸漸黑下來，不過他還能辨認出，跟跟蹌蹌走在前面的是老婦人吉科娃。

「晚安，夫人！」他問候說。

「該做什麼就做什麼去吧，埃曼！」

但埃曼尼克不讓步，又問道：「昨天您上哪兒去了，嗯？又在什麼地方和煙囪工人調情了吧？」

「是又怎麼樣？那小夥子很不錯。」

「您要知道，他可是個狂妄的傢伙！」

「埃曼，在大街上不要跟我胡扯，這兒的人都認識我！」

「您怎麼一下子又在乎起別人來了？我明白得很，您和煙囪工單獨在一塊兒時，可是眼巴巴地盯著他的。」

「埃曼，人家在回頭看我們！」

「我了解您，您會隨他擺布！」

「才不會！」

「會的，我現在就看得出來，您對那個煙囪工的肉體抱有邪惡的情欲。這在您身上已經表現出來了。」

「那又怎麼樣？」吉科娃太太高興了起來。

「這樣我可就不能帶您去郊遊了。那郊遊是專為我們倆安排的。」

「你這個豬玀，住嘴！」吉利娃太太氣沖沖地說。

「您，」埃曼尼克對著她的銀白鬈髮說，「您會像青藤纏著亭子一樣纏著我的……」

「埃曼，有人！我又該在街坊中丟人現眼了。」

「管他呢！他們只會羨慕，還有人瞅著您那雙烏亮的眼睛，還有您那柔嫩的頸脖。」

「這些話你還是留著跟你媽說去吧！你還不如跟我講講那郊遊。」

「只有我們兩人一塊兒去。用您那雪花石膏般的小腳踩進……」

「閉嘴！我的天！至少別這麼大喊大叫的。」

「然後就可以進入那甜蜜的夜晚……」

「放開我！你這小無賴，聽見沒有？」

「我放開您，可您得聽我說話。您知道，今天我又夢見了什麼嗎？」

「我可不想打聽，但我早就能看出來，一定又是什麼下流的事兒。你在帝國時期被打破腦袋，難道還嫌不夠？」

「不是那麼回事，吉科娃太太。這一切只是出於對您的愛。我是夢見了您呀，好熱烈的夢啊……」

「我什麼也不想聽。」

「連那歡樂的養兔棚的夢也不聽嗎？」

「不聽！一公斤豬里肌肉倒讓我更開心。」說著，吉科娃太太有點兒氣惱了。因為她想到自己已退休兩年了。

「這麼說來，您這土耳其式的老太婆，加上小煙囪工，那才叫妙？那個傢伙才合您的口味？」

「是又怎麼樣？不過，埃曼尼克，你還是為你那狗窩找個年輕的娘們兒吧！」

「您還不到五十歲吧！」

「多少？」吉科娃太太高興了。

「五十呀！」

「到一月分我就該六十二了。放開我，放開我的手！我要燒飯去了。等我見到你媽時，我要把這事兒都告訴她。」

「看她會不會相信您吧！」

埃曼尼克住手了。他知道，吉科娃太太這時候要去城郊，於是向她伸出手來，正經地道別說：「晚安，夫人！」

「晚安，下次見到我時你再送我吧！和你好好開心一下，你這個小東西！我躺到床上還會要哈哈大笑一場的。」

她誠懇地拉著他的手，兩眼突然溼潤起來，不一會兒眼淚就撲簌地流了下來，踉踉蹌蹌沿著潺潺的小溪走去。

埃曼尼克橫過主要街道，穿過快餐食堂，沿著梯子向上走進了舞廳。儘管這兒已近城郊，一切卻和市中心一樣。他坐到酒吧的高椅上，靠著櫃檯說：「像往常一樣，來一杯干邑和一杯蘇打水。等等，我看到什麼了？是她！為什麼這樣愁眉苦臉的？」

「這您知道，埃曼尼克……」女店員唉聲嘆氣地說，對著燈光倒蒸餾水。

「奧琳比婭……是心病嗎？」

「還能是什麼別的呢？我失敗了，埃曼尼克，全失敗了……他說寧願自己一個人過。」

「他，一個人過？是嗎？」

「是的，一個人。他寫信給我說，我讓他的世界變醜了，難道我就是那麼一個醜八怪？」

「原來是這樣！奧琳比婭，當我這麼看著你的時候，我該怎麼說呢？一句話，這麼漂亮的女店員，只有莫妮卡和芭芭拉可以比得上。這麼美的眼睛，我在哪兒都沒見過，您總像被一種什麼光芒照射著，那麼迷人……」

「可是您看，他卻說我讓他的生活變醜了。但我也了解，他完全是另外一種人。他，約斯卡，有他自己的個性。」

「啊！什麼個性？」埃曼尼克問。可他自己又馬上作了回答：「這是一種人，總是堅持自己臆想的東西。可我從來不這樣，您一定知道。我們，二四年出生的人，真他媽的該變一變。比如說第一幅畫，畫面上是被轟炸後的杜塞道夫[1]，我們正從廢墟堆裡爬出來。一條柏油馬路，後面是城市廢墟。有個小孩穿著溜冰鞋，手提牛奶罐，從那裡溜出來。另一幅畫則是轟炸格利維采[2]。炸彈紛紛落下，我正從防空洞小窗口往外看。是在城郊，那兒有個馬戲團，獸籠被炸翻了。一頭獅子看見老鷹飛起來，就用爪子將籠門推開。八頭獅子跑進燃燒著的市區。我們被驅趕著去救援。烈火熊熊的街道，一頭名叫凱撒的最大的獅子，抓住了一個昏倒的女人，從被燃燒的樓房沿著梯子爬上最高一層，牠的爪子抓著女人，站在窗口，整個格利維采正在下面燃燒。」

埃曼尼克拍了一下前額，說：「這兒還有成千上萬的畫面，因此，我也是個千變萬化的人，哪裡有什麼個性啊！」

「可是，埃曼尼克，我總是老樣子，總是受同樣的苦。」

「為他？」

「是的。埃曼尼克，您從來沒注意到嗎？我不是一個時髦的女人。」

「您？奧琳比婭，你可以成為一個時髦的女人。」

「可以，然後在每個指頭上都有一個男人？您知道那對我來說是一種侮辱嗎？我要是不

1 杜塞道夫（Düsseldorf），位於德國西部。

2 格利維采（Gliwice），位於波蘭南部。

那樣傳統地愛著約斯卡就好了，那我今天只會為那封信流下一小杯眼淚。」

埃曼尼克撫摸著她的手背說：「好了……奧琳比婭……」

但姑娘哭得像個淚人兒說：「……他等著我去找個人談情說愛，然後就來信說：『這就是你的愛情！』我已經看出來了，他只不過是在考驗我。但我能忍耐下去。我寧可閉門不出！」

「奧琳比婭，您，閉門不出的小姐？」埃曼尼克說著，想再次去撫摸她的手，但馬上又放棄了。一個高個子坐到了他的身旁。埃曼尼克立刻認出，他是貨運代理人阿爾弗雷德·貝爾先生。

「先生要點什麼？」女店員問。

「蘭姆酒！」那男人的聲音洪亮有力。

「阿爾弗雷德先生，您過得怎麼樣？」埃曼尼克問，同時望著奧琳比婭倒酒。「我不喜歡這種生活。」貝爾先生抱怨說。女店員將蘭姆酒擺在他面前。他伸手將酒杯抓住，像抓一隻小雞一樣。

「我也是這樣，阿爾弗雷德先生。」埃曼尼克說：「不過每個人都有他喜歡的東西，對吧？」

「我說了，如今的生活我一點也不喜歡！」高個子說著，將酒灌進嘴裡，砰的一聲把酒杯放在櫃檯上。他張開雙臂，看著手掌。他那雙手掌彷彿是兩幅亞洲山脈地形圖。

「奧琳比婭，您看，這樣的手，是不是很好看？」埃曼尼克說。當他注意到貝爾先生憂傷的眼神時，低聲說：「您知道嗎？我多想有您那樣一雙手啊？」

「幹什麼用？如今誰還承認……」貨運代理人搖搖頭。

「幹嘛用？就是為了向人們表示，用這樣一雙手，我能將可愛的東西搬來運去啊！每個人畢竟都有他所喜愛的東西……對吧？」

「埃曼尼克，你喜歡什麼？」貝爾先生豎起濃眉問。

「我喜歡鋼琴啊！但是已經不彈了。因為我彈的曲子我並不喜歡，而我喜歡的曲子又不會彈。不過我想把鋼琴搬到維索昌尼[3]，搬到我姊姊那兒去。她有個兒子，讓他去彈吧！但是，我私下對您說，阿爾弗雷德先生，我能將鋼琴託給我不認識的那些搬運公司老闆嗎？那

3 維索昌尼（Vysočany），布拉格的一個區。

可是稀有的喬治瓦爾德名牌鋼琴呀！」

「你這麼在乎你的東西？」貝爾先生精神一振，笑著說：「我用自己這雙手幫你搬運鋼琴，但你一定得在現場看著，看我那雙手有多能幹！我什麼時候可以去你們那裡？」

「奧琳比婭，兩杯蘭姆酒，算在我的帳上！」埃曼尼克交代說。他想了一下，又說：「那就明天吧！四點鐘，我從克拉德諾[4]下班後乘車來，四點十五分到。說定了？」

「就這麼說定了！」阿爾弗雷德大聲說，將埃曼尼克的手握在他那巨掌之中。「你會親眼看到，我會多麼小心謹慎地用我的雙手搬運你的鋼琴，我要用我的肩膀將它扛到街上去。」

他們喝完酒，貨運代理人從椅子上站起來，幾乎自言自語地說：「每個人都有自己喜愛的東西……」

「每個人。」埃曼尼克笑了，望著阿爾弗雷德先生的後背，看著他一搖一晃地走過舞廳。那兒沒有人跳舞，樂團九點以後才開始演奏。

「埃曼尼克！」奧琳比婭喊道：「埃曼尼克，您受過良好的教育嘛！」

「嗯，在四重奏樂隊混過一段時間便離開了。」

「這不礙事，但您對周圍的事總是很清楚，而且有感情。約斯卡說起您的時候說，您內心有一隻繫在線上的雲雀……現在我想起來了，有一回，約斯卡從水裡撈起一篇用打字機寫的東西，對我說：『奧琳比婭，快來看，我的一個朋友寫的什麼，我給你念念！』我躺著，仰望天空，他給我朗讀了這樣一篇短篇小說……」

「什麼小說？」埃曼尼克問，將杯裡的酒一飲而盡。

「我記得有這麼一篇。」女店員對著杯子哈了一口氣，用抹布擦了一下，接著說：「裡面描寫戰爭結束時，德國人從奧拉寧堡[5]拖走一火車集中營的婦女。美國人的飛機對火車頭進行掃射。黨衛軍逃走了，婦女們也四處奔逃。其中兩名被流彈擊中的婦女，慢慢地爬進了樹林，躲進雲杉樹洞裡，用松葉裹著身子。黨衛軍士兵們帶著警犬進入森林，但沒有發現她們。那些猶太婦女躲到第二天，本以為會死在樹洞裡的。突然，她們聽到了捷克人的叫嚷聲，是從紅十字會來的小夥子們。他們將婦女們抬了出來，為她們包紮好傷口，夜間讓她們藏在營房的床底下。靠近前線的時候，人們都跑了。一位名叫貝比克的捷克人將那位受傷的

4 克拉德諾（Kladno），位於布拉格西部的一座鋼鐵工業城。

5 奧拉寧堡（Oranienburg），位於德國境內。

猶太姑娘安放在小車上，一直將她拉到布迪西諾，藏在地下室裡，等部隊開拔了，貝比克又拖著那位猶太姑娘到達海迪……」

「奧琳比婭，妳覺得寫得怎麼樣？好像寫的人和被寫的人都在講自己的親身經歷。」

「就像有人在敘述他經歷過的事情。我真是一隻笨鵝。現在明白了，我怎麼沒有立即想起來呢？」她拍了一下自己的前額說：「他是自己寫自己呀！」

「肯定是他。」埃曼尼克笑著說。「我來給您把那篇小說說完，好嗎？貝比克把那位猶太姑娘一直拉到捷克利帕[6]，當地紅十字會救下了她。猶太姑娘後來一直等著那位英雄，等了四年啊！可是貝比克沒有來，她只好嫁人了。我現在結帳！」埃曼尼克講完了，他對奧琳比婭已沒有再看一眼。

「埃曼尼克，您又怎麼啦？埃曼尼克！」她說著，拉住埃曼尼克的手。但他覺得，奧琳比婭這個舉動只是出於同情。眼看埃曼尼克就要脫口而出，說那個貝比克就是他自己，是他將猶太姑娘從霍耶斯韋達[7]拉到捷克利帕的。他將這一切都告訴約斯卡了。但當他望了望奧琳比婭小姐，便想到如果將這些事都講給她聽，她可能會更加傷心，於是他盡量快活地說：

「您見到約斯卡，跟他談話時，請替我捎個好！」

埃曼尼克橫過走廊，下樓直奔一座快餐店，要了一杯果汁，坐到一位他從小在黎本[8]就認識的老婦人旁邊。

「老奶奶，您過得怎麼樣？」

「還好！」老婦人說，「今天的湯，味道不錯，就是燙了一點兒。埃曼尼克，你怎麼樣，還上克拉德諾去嗎？」

「一直去著呢，老奶奶！」

「你們現在在什麼地方吃飯？」

「喲，還不是在工廠食堂！」

「也去去別的地方吧？那邊的菜怎麼樣？」

「老奶奶，星期一是波爾迪[9]湯，煎餅，還有巧克力餅。星期二喝合作社的湯，維也納

6 捷克利帕（Česká Lípa），位於捷克北部，離德國不遠。
7 霍耶斯韋達（Hoyerswerda），位於德國東北部。
8 黎本（Libeň），布拉格的一個區。
9 波爾迪（Poldi），克拉德諾鋼鐵廠的名稱。

牛肺，再加上饅頭片。」

「啊，這麼說總算有點改善了。你知道，從前我可吃不起這些玩意兒。我養了七個孩子，要照看他們，還要抽時間給那些死人擦身。」

「是嗎，老奶奶，我都不知道！」

「是的，孩子們都快要餓死了，過去就是這個樣子，總是擔驚受怕，不知道會要出什麼事。那星期三你們吃什麼呢？」

「牛舌，加點兒波蘭的醬汁。星期四吃埃斯特哈茲公爵燉肉。星期五喝大家喜愛的自家製咖啡，吃捷克甜麵包。老奶奶，您不害怕那些死人嗎？」

「啊，孩子，從年輕時候起，我就不害怕世上的任何東西。伸手不見五指的黑夜，我拿著一把斧頭到處跑。那時候有強盜出沒。有一回我可嚇死了。村子那邊，一個孤單的老太太死了，凍得硬邦邦。我們過去，將棺材放在長凳上。一個叫什麼弗朗達的機關職員，把死人的被子揭開，說：『姑娘，快去給我把斧頭拿來！』我正要往外走，我們的頭頭就騎著自行車來了。我從木箱裡拿出斧頭，我們頭頭突然嚇得跑了出來，大聲嚷嚷說：『她站起來了！』說著撒腿就往田裡跑……我手握斧頭，它能給我壯壯膽。我走去，手裡還緊握著斧頭，可心裡怕得要命……你們星期六吃什麼？」

「肉末馬鈴薯，林茲[10]肉片，可是，老奶奶……」

「還有湯呢？埃曼尼克，喝什麼湯？」

「牛肚湯。可是老奶奶，後來怎麼樣了？」

「後來我就進去了。我們的弗朗達彎腰俯向床頭，按著死者的膝蓋。她好像要站起來的樣子。」

「那您呢，老奶奶？」

「我一個勁兒地喊著。弗朗達轉過身來，將我推出門外。可我還一直握著斧頭，也好給自己壯壯膽。」

「老奶奶，您真算得上一條好漢。」

「人們也這樣誇我。星期天上班吃什麼？」

「什麼時候，老奶奶？啊，星期天啊！通常喝點兒粥，吃巴黎炸豬排……可是，老奶奶

10 林茲（Linz），奧地利北部一城市。

……」

「喝什麼湯？」

「細麵條湯，味道鮮美，裡面還有幾片肉……喝吧，老奶奶，您的湯快涼了！」

「細麵條湯？這我可愛喝，裡面還漂著幾片肉吧？」

「有幾塊肉。」

「你是在吊我胃口吧，埃曼尼克？」

「哪兒的話！是有幾塊肉……」

「好，我相信你……當時，我走到床邊，看著死人的臉。她像在搖籃裡一樣，兩條腿彎著。一個凍死的孤寡老人往往是這個樣子。你睡著，縮成一團的時候，誰能將你拉直呀？我要是凍死了，不也會是這個樣子嗎？也不會有人將我拉直的。我也是孤單一人呀……」

「可是，老奶奶，您身邊總會有人的。您說過，您有七個孩子。」

「是有過，可已經誰也不來搭理我了。」

「您知道嗎？老奶奶，我去跟我媽媽講一聲，她時不時會來看您的。」

「好，埃曼尼克，你真好！和我待在一塊兒，給我講吃的東西。你知道，生活教給我的事，書上是寫不來的。是的，我了解你，你是個淘氣鬼，可你至少還有點兒喜歡人們……你媽媽會來看我嗎？」

「我會告訴她，老奶奶。我保證，一定告訴她。晚安！」

「晚安……」老婦人低聲說，慢慢地喝起湯來。

天使般的眼睛

他問一位年輕的女店員：「老闆在什麼地方？」她用纖細的指頭指著門那兒說：「老闆娘在院子裡，老闆可能在麵包坊……您是誰？」他回答說：「我是保險公司的代表。」

顧客們走進店裡，姑娘問他們想買什麼。他們買了餐包、長棍麵包和大麵包。接著又走進來一些顧客，店員再用纖細的手指指著門說：「老闆娘在院子裡，老闆在麵包坊。」

保險公司的代表走上過道，聞到了烤爐中散發出來的香甜味道。他停在窗前，往院子裡望了望。蘋果樹下有個赤腳女人在走動。她彎下腰，從熟蘋果堆裡挑出幾個最好看的裝進了圍兜兒口袋，十分敏捷地用圍兜兒將一個蘋果擦乾淨，看了看，就張口咬那甜絲絲的蘋果了……站在過道上就能聽見她津津有味地啃蘋果的清脆聲。隨後，她若有所思地踏著落葉和閃爍著露珠的草地，慢慢地朝著垂柳走去，摘下幾根小枝，瞭望坐在輪椅上的老人。他全身裹著毯子，以一種正朝前飛行的鳥的神情看一本固定在樂譜架上的大書。那女人走到柳樹下，給他翻了一頁，用晒衣夾把書頁夾住，免得被風吹動。她撫摸了一下老人，給他理了理毯子……老人露出了天真的笑容，繼續看他的書。那女人撥開樹枝，走過潮溼的草地。等她走到窗口那兒時，她的兩隻腳都已經通紅了。

她走進走廊，來到保險公司代表跟前，瞧了一眼剛拿的蘋果，又津津有味地咬起來，邊啃邊用疑惑的眼光看著他。

保險公司的代表說，他名叫卡雷爾．魯日奇卡，還說，麵包坊的師傅貝朗尼克先生首先向工商基金會交了申請書，但後來又寄去一封信，說他不願意作會員，要求把錢退還給他。這代表問老闆娘的意見如何。

老闆娘切掉蘋果蒂，從灶臺上拿起一個紙袋放到窗臺上，取出鉛筆，在紙袋上寫著算著，然後說：「我那口子準是發瘋了。他在這世界上可能活不到九十歲，但我是可以的，像我爸爸一樣。」她說著，指了指窗口外坐在輪椅上的老人。「這樣，在保險公司，到七五年我就可以賺回五萬啦！」她拿起鉛筆，在她算在紙袋上的數字中間劃上一道，還把紙袋鋪在門上看了看，聳了聳肩膀說：「可我那口子不願意幹。他總有點理由。年輕的時候，有一次他把我叫醒，大聲嚷道：『在我之前，你跟誰再一起過？』對我進行盤問。這次又把我弄醒，揮動著那份申請表，大喊大叫說：『讓那個長著天使般眼睛的保險公司的人到這裡來吧！看他會有什麼下場！』說著，他將拳頭往床沿上一捶，弄得關節都出血了……可是又有什麼法子呢？」她說著，將剛剛寫了數字的麵粉紙袋揉成一團，拿出蘋果，在她那豐滿的乳房上蹭了一下，放在眼底下看了看，又興致勃勃地啃起來。

「您父親在那兒看的是什麼書？」他問。

「幽默雜誌。」她說話的時候，牙齒上沾著吃蘋果的白沫，「他癱瘓了，能做什麼呢？得病以前，是擺小攤的，出售有專利的穿針器。您沒聽說過？也沒見過？真沒有？」麵包坊老闆娘感到驚訝，「得了吧！」她以老闆娘的口氣說：「我母親從田裡回來，就想縫縫補補，可她視力不好，手會顫抖，穿針的時候，穿呀穿呀，總也穿不進去。為什麼？因為沒有我們的專利穿針器，女士們，先生們，世界上這個小玩意兒，我在巴黎賣五克朗一個，但今天每人只花兩克朗就能買一個，還額外奉送黑白線各一大卷……再加上一打針，讓如今的每一個買家都能……」

她一邊講，一邊從近處直視著保險公司代表的眼睛。保險公司代表感到了她呼出的蘋果白沫那潮溼而甜絲絲的香味。他意識到，老闆娘正在看他，就像他剛才看她啃蘋果時一樣。

「您真的從來沒有聽說過？」她問。

「沒有。」他呼了一口氣，笑著說：「您的腳不冷嗎？就這樣赤腳站在磚地上……」

「從來不感到冷……反而還覺得熱！我心裡一直熱呼呼的。」

她說著，低頭靠近保險公司代表的嘴唇。他看到她那雙漂亮的眼睛，充滿著健康的情欲。老闆娘吻了他好大一會兒。她的嘴唇冰涼，帶有蘋果味。

隨後，什麼地方響起了開門的聲音，她嚇了一跳，急忙走開，光著腳在磚地上走得喀喀的響。她仔細聽了一下，然後笑著說：「您的眼睛真美！」她搬來一只藤筐，往裡面裝著大麵包。她說：「要是您什麼時候也像我想念您一樣地想念我，那該有多好啊！您知道我住在什麼地方。」她毫不費力地搬起沉重的筐子，用下巴指了一下走廊盡頭的門說：「我那一口子在那兒睡覺……」最後，她用她那美麗的雙眼應了一下保險公司代表，屁股一扭，朝通往小鋪子的那扇門走去，飛快溜進了賣貨的地方。

保險公司代表佇立了片刻，聽了聽動靜，望了望柳樹下看幽默刊物的老人，然後開門走進作坊。

這兒很安靜。牆邊上的火爐正烤著麵包。麵包師俯臥在一張單人床上，身上只穿了一條內褲，一隻手放在枕頭上，彷彿在游自由式。地上擺著拖鞋，沾滿了乾麵渣。保險公司代表俯下身去，搖晃那正在睡覺的人。那人坐起來，打了個哈欠，伸了一下懶腰，骨骼喀喀作響。

「您是貝朗尼克師傅嗎？」保險公司的人問。

可是麵包師翻了個身，又睡著了。

保險公司代表又搖動他說：「師傅，您給我們寫過一封信，開頭的稱呼是：『尊敬的無賴們』……對嗎？」

師傅從床上一躍而起，將保險公司代表推到亮處，用巨大的手掌抓住他的腦袋，直瞪著他，好像要啃他一口似的……一會兒，他大聲吼道：「這不是他！」麵包師對著天花板嚷道：「那個長著天使般眼睛的豬玀在哪裡？」

「什麼？」保險公司代表嚇住了，用手抓住自己的襯衣領子。

「咳，咳！」身穿內褲的師傅在作坊裡跳來跳去，「我有一條原則：只要保險公司的人一進屋，我馬上往他臉上賞一拳頭，我就用這個辦法來往那騙人的可恥文件上簽字。要我用買木柴的錢來支付保險金？辦不到！」為了證實他的話，他往保險公司代表額頭上打了一拳，打得他兩眼直冒金星。麵包師還說：「可惜他那藍色的眼睛！那蠢豬還來問我：『師傅，等您退休了，要小房子？還是要別墅作為獎賞？師傅，您作為退休人員，有一個月的免費旅遊，是去海濱？還是去山裡？』而我，這頭笨牛卻說，寧可要小房子，去山裡！」師傅大聲說著，又給了那代表一拳，使他自己倒在了床上。他又說：「我要在那招人喜歡的烏雲下面，一直待到傍晚，再去打開我那小房子的門，用望遠鏡望大山……到夜裡，就去讀你捎來的那些規章。讀完了，就躺到這兒來。」說著，他指了指小床，又唰地一下站起來，抓住保險公司代表的袖子，將他拖到牆根。牆上有用手指摳出來的數目字。他用手指著數字大聲吼道：「你們糊弄了我，我恨不得打死你們，我得花五萬克朗去買回這好幾年，可是……可是有什麼用？要我寫申請書的那個長著天使般眼睛的豬玀，沒對我說有什麼用。」麵包師傅像貓一樣叫著，而手垂在地上。

後來，他的目光掃了一下作坊，說：「你知道，等那個藍眼睛雜種來了，我會怎樣收拾他嗎？」麵包師四下裡看了一眼：木棍、粗劈柴、掏爐渣的鉤子，他都看不上，卻看中了爐渣上的一把鐵鍬。

他狠狠拿起鐵鍬，跑到作坊盡頭，用手平握著，又跑向爐邊的牆壁，使勁將鐵鍬扎進牆裡。他用力過猛，使自己跌倒在地。可他卻滿意地說：「我就要這樣，用鐵鍬直捅他的豬嘴！好好懲罰他！」麵包師就這樣用動作表示，他將怎樣用鐵鍬來處置那位長著天使般眼睛的保險公司代表。在他想要站起來之前，用四肢撐著地面待了一會兒，繼續勾畫這一畫面：「憲兵押著我進牢房，而保險公司代表被徑直送往太平間。」他從地上站起來，坐到床上，用雙手摀著臉。

保險公司代表擦了擦汗，氣呼呼地說：「這真是太可怕了！怪不得經理把我派到這兒來。師傅，請把那張申請表給我，我想知道是誰給您填寫的。」

麵包師傅掀開枕頭墊，下面有個裝滿了各式各樣證明的手提包。他將申請表抽出來，遞給他。

保險公司代表打開表格看了一下，說：「啊！是克拉胡利克先生！貝朗尼克師傅，把手伸給我吧！伸給我！好，我和其他工作人員一樣，跟您打個賭，看您要什麼。克拉胡利克先生不僅會被開除，而且將被送交檢察機關。他怎麼能這麼做呢？」保險公司代表很生氣，接著說：「我知道，克拉胡利克先生沒有對您說明，對小業主的退休金，國家有補貼。他壓根兒就沒有對您講過地區和縣裡的補貼吧？」

「沒有，沒有……」麵包師小聲說。

「果然！」保險公司代表說，同時握住貝朗尼克先生的手，「他肯定沒有告訴您，貝奈斯總統先生[1]喜歡所有的小業主，所以想方設法幫助他們，把國有化工業的一部分收入轉作你們的退休金。現在是一九四七年，這就是說，十年以後，您的退休金可以增加一倍……這些他都沒有給您講吧？」

「他沒講。」麵包師嘶啞地說。

「他真是一條該死的狗！」保險公司代表舉起手指像發誓一樣地說：「這可是保險業中的一場革命啊！花上好幾百萬幹什麼？還不就是讓年輕的小業主為年老的小業主付養老金嗎！貝朗尼克先生，我將在社會福利部為您幫個忙，讓全部事情順利解決。您把一切都掂量一下，您現在什麼費用也不要付。就這樣吧！」保險公司代表從皮包裡拿出印章和印臺，並在印章上哈了一口氣，輕輕地放在印臺上……在信紙的空白處，緊挨著「尊敬的無賴們……」這個稱呼的地方，蓋了一個章，並寫了一句：「我將妥為辦理。」

他將鉛筆遞給麵包師，以命令的口氣指出他該在什麼地方簽名。

他小心翼翼地把信摺好，說：「您就等上面的消息吧！您知道，貝朗尼克先生，如果一下子把您的名字劃掉，您可就沒戲唱了。即使您在我們的大門口跪著請求，我們也不能受理呀！不是我們不願意辦，而是不能辦。只有部長親自特許，才有可能。這可是些很好的烤麵

1 愛德華·貝奈斯（Edvard Beneš），捷克斯洛伐克的建立人之一，曾任外交部長、總理和總統。

包啊！」保險公司代表低頭看了看筐子說。

「打開您的皮包。」麵包師傅說著，給他塞了一些烤麵包到裡面。

他們告別的時候，互相對視了好久。

在走廊上，保險公司代表鬆了一口氣，將皮包放在窗臺上，用兩手支撐著。他朝院子裡看了一眼。草地上的蘋果沾滿了露珠。老闆娘跑過溼潤的草地，撥開柳樹枝梗，又給老父親翻過一頁幽默雜誌，用晒衣服的夾子固定著，免得被風吹動。

作坊裡有人嘆了一口氣。

保險公司代表踮著腳尖走到門前，把門打開一條縫，看到烤麵包師傅正坐在單人床上，手撚著小鬍子，搖搖頭，接著大聲說：「那個小夥子居然也有一雙天使般的眼睛！」他跑到牆根那兒，用鐵鍬在一堆碎草上亂打一氣。

保險公司代表跑進一家小店鋪。在他推開店門之前，還聽到麵包師傅貝朗尼克先生在走廊上大聲嚷道：「等我去布拉格時，要帶上一把大匕首！」

麵包師傅朝前看了看是不是有電車開過來。他走到軌道上，想看清楚樓房號碼。「是這兒！」他滿意地說著，朝樓裡走去。牆上有塊牌子上寫著：小業主保險公司，五樓。電梯門口還掛著一塊牌子，上面寫著：電梯停止運行。

貝朗尼克樂了：「他們知道我要來，這樣好讓我累一點。可我會像天使那樣，哪怕飛上二十層樓也不在乎。我有的是力氣，到了那裡，我要用這把大匕首殺了所有的人！」他一步爬兩級樓梯。

爬到第四層的時候，他稍微停了一會兒。樓梯上坐著兩位大叔，正用毛巾在擦汗。他們流的汗可真不少。「也是小業主？」麵包師大聲說。他們點點頭。其中一位問道：「您是怎麼看出來的？」麵包師說：「從受苦的臉上唄……等你們進去，聽到吵嚷的聲音，那就是我，是我正在揍他們！」他舉起棍子朝樓上威脅了一下。接著又一步兩級地往上爬去。

他闖進辦公室，用手撚撚鬍鬚，劈頭就問：「經理在哪兒？」

一位青年辦事員正在切一根粗粗的血腸。他打開抽屜，將切好的血腸放進裡面，又開始切洋蔥。他揉了揉眼睛說：「我馬上報告。您有什麼問題？」麵包師大聲說：「我買木材的錢被你們保險公司的一個傢伙騙走了！」他把棍子當作證據似的狠狠地敲了一下桌子。年輕人正被洋蔥味刺激得眼淚直流，他搓了搓手，像盲人一樣摸摸桌子。然後說：「您差點兒把我的胡椒瓶打碎了。」他將切好的洋蔥放進抽屜裡，往粗血腸上撒了些胡椒粉，還俯身看了看，直到全部裝進抽屜為止。他又拿起醋瓶，輕輕地倒了一點兒醋進去。「您的醋都流出來了！」麵包師傅貝朗尼克說。「哪兒的話，」年輕人笑著說：「那抽屜底兒是鍍錫的。」說著，來回走動了幾步，將抽屜搖了一搖說：「必須攪拌一下……可您說有什麼事來著？」

「跟經理談話！」貝朗尼克先生說。

「馬上安排，」年輕人說著，打開摺疊刀，叉起一塊血腸子，津津有味地吃起來。他滿嘴塞著食物，手指比畫地說：「這是大血腸。我在抽屜上寫著『肉類』。這兒寫的是『烤麵食』。裡面裝的是麵包。這一格寫的是『娛樂』。有我看的書、口琴……這一個抽屜上則標著『荒唐無用之物』。裡面塞著公文之類。不錯吧？」

他站起來問道：「您剛才說過有什麼要求，是嗎？」麵包師傅小聲回答說：「我想跟經理先生談話。」說著，把棍子放到牆角，辦事員走進一扇鎖了金屬片的門。回來之後，先用小刀切了一片血腸，然後用刀子指著門說：「他在那兒等您。」

辦公桌上方垂著棕櫚樹葉，一個胖子坐在桌旁。他表情和善，臉上流露出心滿意足的幸福感……彷彿專門在等著麵包師傅的光臨。他指了指椅子，歡迎麵包師傅說：「請進來，熱烈歡迎您！」但貝朗尼克先生沒有入座。經理和顏悅色地說：

「怎麼回事？您生我們的氣了？給我們為難？難道我們做了對不起您的事？」貝朗尼克麵包師望了望寬大的棕櫚樹葉，它像一把遮在經理頭上的大傘。麵包師說道，有位美男子如何去到他那裡，用藍色的眼睛吸引住他；他怎樣在申請表上簽了字，一切好像做夢一樣；後來他又如何看了申請書背面上的說明，並且馬上寫了一封信，信的開頭是：『尊敬的無賴們，流氓和殺人犯們……』後來，保險公司的另一位代表又如何去到他的麵包坊，說那人也有一雙天使般的藍眼睛。他說這位代表說服了他，並答應他將整個事情辦妥並保證平安無事。但他不願意要這個平安無事。「我要求把錢退還給我，因為我要買樺樹木材。」麵包師大聲說。

經理微笑著點點頭，說：「可是，我的天，這樣我們就得廢除協議呀……不過小業主退休保險的特點是自願……」他站起來，轉身去查找卡片，終於找到了他所要的，然後，他帶著蔑視的神情將整個文件夾扔在桌上，坐下來嚴厲地說：「尊敬的貝朗尼克先生，您不信任我們……這叫我們極為痛心；但是，有什麼辦法呢？我們把您的名字劃掉吧！當然，按我們的規定，我有義務提醒您：您放棄了一個大好機遇。因為，假如讓您遇上那些倒楣事，怎麼辦？」經理站起來，指著牆上畫框裡一幅大圖片說：「過來，過來，您看看！」經理輕輕地敲著一張圖片，是一名耍猴戲的手風琴手在街頭行乞。貝朗尼克麵包師看了分外驚訝。經理領他走向另外一幅圖片，是個養老院，幾位老人坐在門前的長凳上，衣著破爛、表情痴呆。麵包師注意地觀看著，經理說：「貝朗尼克先生，當您那雙寶貴的手不能幹活的時候，誰來給您錢呢？您想到這些沒有？您畢竟是個男子漢啊！」麵包師傅說：「戰爭期間，我負過傷。」經理說：「這就更該明白了！您在我們辦公室牆上還見到什麼？好好看吧：被大火燒毀的店鋪、被風暴和水災毀掉的商店……您這把年紀啦，說句心裡話，可能開始感覺到不大靈便了吧？再看那櫥窗，都是報紙上剪下來的……您看到什麼了？全是災難事件：謀殺、自殺、競爭遭到慘敗……現在您看到什麼了？」經理問。「您大聲念念吧！」麵包師以嘶啞的聲音念道：「一個鐵匠的遺孀跳進糞池，自殺身亡……」經理問：「晚報的下一個標題是什麼？」貝朗尼克麵包師說：「一名小業主用鐮刀割斷了自己的喉嚨！」

經理大聲說：「夠了。」他走去敲了敲一個長方形的櫃子說：「這樣的剪報，我們這裡有成千上萬！」他舉起一個手指，提高嗓門說：「貝朗尼克先生，您看到了吧，那時候，小業主要是有了養老金，這一類的災害和不幸就等於不存在了。請相信我吧……您要是沒有養老金……您就會像圖片和剪報中看到的那樣……您還要取消您的申請嗎？」

經理從桌上的文件夾中拿出寫有貝朗尼克．阿洛伊斯姓名的那一張申請表，舉到麵包師眼前，等待他的反應。並再一次說：「要撕掉這張表嗎？」

貝朗尼克麵包師望望牆上，圖片中養老院的老人正呆呆地盯著他，還有被火焚燒的小店鋪，上面殘留著一塊廣告。他又看了看有關災害的報導……他搖搖頭，小聲地說：「別撕吧！現在我看到了，小業主要像工人和機關職員一樣辦保險。」

經理將申請表放回公文夾，坐到棕櫚樹葉下，叉著雙手說：「我們在這兒，不過是為您著想。有時候，人們為了保護自己，不得不違背自己的意願……貝朗尼克先生，我對您的決定感到高興。」他舒展了一下身子，將潮溼的指頭放到麵包師傅前。

貝朗尼克麵包師走出經理室，那兩位保險公司的工作人員已經站在門的對面，注意看著麵包師傅。連那位年輕人也掉轉頭來想看清貝朗尼克師傅的面孔。麵包師傅抹抹椅子，坐了上去。他面色灰白，像是從山崖上掉下來的。他的小鬍子翹著，兩手垂到膝下，幾乎碰著了地板。

「您是不是臭罵了他一頓？」一位保險公司的人問道。麵包師傅一聲不吭，接著站起來，從角落裡拿起棍子，拄著它艱難地走了。

他下樓的時候，剛走到第四層，便不得不坐下來，將腦袋靠在欄杆上那雕刻精細的百合花上。有個人匆匆忙忙走進樓房，也是一步爬兩級臺階。他走到麵包師傅身旁時，大聲說：「我要去那裡對他們講的可不是什麼好聽的話！」走到上一層，他還俯身朝下嚷道：「不會有什麼好話的！」說著，那個人繼續往上走。在保險公司的門砰的一聲響之前，一直能聽到他漸漸遠去的腳步聲。

貝朗尼克師傅走到了廣場。教堂旁有座噴水池，中間是一尊蜷著的雙魚雕塑，從魚嘴裡往外噴水。貝朗尼克先生望了望那閃光的水，將手浸溼，擦擦太陽穴，放下棍子，用雙手從噴嘴接住那教人提神的水，澆到自己臉上；最後乾脆彎下身子，將腦袋伸進池裡，讓水直沖後腦勺。人們為他停下了腳步。十五分鐘後，來了一名警察，取出記錄本，解開纏在上面的橡皮筋，搖晃著貝朗尼克先生問道：「您在這兒幹什麼？感到不舒服嗎？」他在看到麵包師傅的面孔之後補充說了後一句。貝朗尼克先生一隻手握著拳頭，往另一隻手掌上狠狠一擊，同時大聲喊道：「天使般的眼睛啊！」接著又伸長脖子，讓清涼的水直沖他的後腦勺……

騙子

「……把酒杯捶成這個樣子，是在菲亞克酒店吧？」

「是的，在菲亞克酒店。」

「它不是在什圖帕茨街嗎？」

「是在那兒。我要是沒什麼好發洩的，就沒法給報紙寫出一行字來。你相信嗎？有時候，我沒事情好寫，就得自己去製造點事端。在比加洛酒店，我打了自己一個耳光，不過是為了寫篇短文，可我是連一隻小雞也不願傷害的呀！在東方酒店，我同一個妓女喝得爛醉，也就是為了給《布拉格晚報》寫篇通訊，弄點兒稿費。通訊的標題是〈同酗酒女人的悲劇〉。至於我寫的〈布拉格妓院〉一文在黑人酒吧惹了什麼禍，這就用不著跟您講了。可是，如今我回想起來了，有一回穿過隧道……」

「是泰恩教堂[1]那兒的隧道嗎？」

「對，是那個隧道。」

「咳，我在那兒獲得的成績可不小，我演唱了小約翰·史特勞斯[2]的小夜曲。那時候，我這個男高音的音色還相當動聽……。」

「我祝賀您。可我沒有文章可寫，隧道又關閉了，只有一個大鬍子蹲在那裡。我走上前去對他說：『先生，您真有點兒像耶穌啊！』我話音未落便挨了他一耳光，跟在布爾諾一樣。那個大鬍子衝我嚷道：『你這頭蠢豬，知道我是誰嗎？是捷克無政府主義者協會主席，名叫伏爾巴（Vrba），Vermut 的 V、Rum 的 R、Borovička 的 B、Alaš 的 A[3]。』我給警察局打了通電話，我的文章〈無政府主義者狠揍記者〉就在一份頗有名氣的晚報上登出來了。您最喜愛的角色是什麼？」

「我的轟動演出是《伊斯坦堡的玫瑰》[4]。應該看得出來，最後我身穿藍色制服，像後宮裡的藍天。我一邊撒玫瑰花，一邊唱道：『……伊斯坦堡的玫瑰啊，你是我唯一的愛，永遠是我的莎麗扎[5]……』可我又從中得到了什麼呢？最好還是由您來講講怎麼會沒文章可給報刊寫吧！」

「您對這事兒感興趣？」

---

1 編註：泰恩教堂（Kostel Panny Marie před Týnem），布拉格老城區的代表建築，十四世紀起就是該區的主要教堂。

2 編註：小約翰．史特勞斯（Johann Strauß II），奧地利作曲家，其圓舞曲作品最為著名。

3 分別為苦艾酒、蘭姆酒、斯洛伐克產的杜松子酒和拉脫維亞產的茴香酒。

4 編註：《伊斯坦堡的玫瑰》（*Die Rose von Stambul*），奧地利輕歌劇作曲家利奧．法爾（Leo Fall）之作品。

5 莎麗扎（Scheherazade），《一千零一夜》中宰相的女兒，為拯救姊妹，向殘暴的國王講述了一千零一夜的故事。

「是呀，對夜總會的生活我略知二一。您知道，作為輕歌劇演員，我本來是可以代表捷克輕歌劇界的。對捷克輕歌劇來講，我還是算有分量的人。」

「好吧，如果您真的有興趣的話。有一回，我探聽到一條新聞，我不得不化裝前往，因為要在克雷札克夜總會進行突擊搜查。那裡的賭坊可熱鬧哪！我不是沒文章可寫嗎？這一下我可高興了。我裝扮成一個流浪漢，在克雷札克夜總會可大開了眼界。人們在拖車上賭博，天黑了便點幾根蠟燭繼續賭，乞丐們將白天討到的東西賭上，小偷們押上珠寶，莊家先估價，再付錢。為了不惹人注意，我從袋子裡掏出自己的皮鞋，押在紙牌九點上。」

「那就輸定了，是隻死鳥。」

「是的，我輸了。我又從布袋中取出上衣，莊家付了我三十五克朗，可我又輸了。為了把老本撈回來，我將手錶押在綠九上。」

「那是給山羊戴領花，多此一舉。」

「沒錯，結果我又輸了。我愣著愣著，只希望在搜查之前能撈回點錢回家。可是這時候，哨音響了，坐莊的將蠟燭推倒，室內漆黑一片。警察衝了進來，只逮住了幾個女小偷和要飯的。莊家和他那一夥的人早已溜之大吉，把錢都帶走了。一個偵探小說家對我說：『這將是一篇報導，對吧？』可我有什麼話好說呢？我穿著短襪，乘末班車回家。一到家就坐下來，寫了〈布拉格夜總會蒙地卡羅〉。不過，朋友，您穿上燕尾服一定很精神。」

「是的，我總是把服裝準備得好好的，經常是兩套燕尾服，三套制服。去年，我全拿出去換了柴火和煤炭……」

「朋友，要不要打電話叫護士來？」

「不要，什麼都行，就是不能叫護士……現在我又想起來了，是的，吉普賽公主[6]，就是我的角色。我跟波尼一樣，也結婚了。戰後，實行肉憑票供應，一位闊太太給了我六百克肉票，我便不得不當眾在桌布上寫下保證，娶那位太太為妻。我就這樣跟她結婚了……『天堂有千萬天使……我就愛上了你……』」

「別唱，別唱了。等您身體好了再唱也不遲。」

「我不舒服……給我講講玩撲克牌的事吧！」

「皮茨克賭場開盤的時候，我寫了一篇震撼人心的報導〈被詛咒的百萬賭場〉，文章的

6 編註：《吉普賽公主》（*Čardášová princezna*），匈牙利作曲家卡爾曼（Emmerich Kálmán）所創作之輕歌劇。

開頭很精采：『從皮茨克賭場出來，有三條路可走。第一條，去威爾遜火車站。第二條，上潘克拉茨[7]。第三條，去奧爾薩尼[8]。』接著，我幸運地計算出，皮克茨賭場開賭二十年，下的賭注總共達二〇〇億克朗。這麼一大筆幾乎可以再修建一條馬奇諾防線[9]。您知道，現在我躺在這兒才意識到，我把新聞工作當作一種藝術。為了它，我不知吃了多少苦頭。有一回我走到碧樹酒吧附近……」

「是日什科夫區？還是科日什區？」

「日什科夫區。我在那兒的一個通道裡看到了一種新的專利產品：小摺疊桌，桌上貼有上帝的祝福。作為記者，我想了解它的用途。於是我押了五個克朗，結果中了大獎。」

「頭獎？」

「對，後來我又贏了一次。可是緊接著我又全輸光了。我把結婚戒指押上，也輸了，真是時運不濟啊！」

「那一定賭得很精采……」

「我可不會那麼說。還有，這也是一個看問題的角度。不過我還是接著往下賭，把自己的人格也押上了。我對莊家說：『先生，至少給我留點兒錢坐電車吧！』他像真正操縱命運的神一樣回答我說：『喲，如今可不流行講慈悲。』就這樣，我只好步行回家。我馬上動筆寫了一篇長文章：〈大都會吸血鬼決定著誠實人的命運〉。主編本人拍著我的肩膀說：『您寫的文章好像是您的親身經歷。就應該這麼寫！』」

「可是您這麼做並不好，您這麼愛報復。我也到那個地方去過好幾次，也把一切都輸光了，連領帶和皮鞋都輸掉了，只好赤腳走回家。雖然心裡發怵，可我對誰也沒有講過一個字。這是我自找的，想試試運氣唄！」

「您想睡覺了，對吧？」

「不……我只是咳嗽了一聲……歇一歇，然後……我現在多麼想聽聽人的聲音啊……」

「您出很多汗，不想喝點什麼嗎？我去叫護士來。」

「就是不要護士來！天知道他會想些什麼……請您還是給我講講報紙吧！傷心的事也成。」

---

7 潘克拉茨（Pankrác），布拉格一座有名的監獄。

8 奧爾薩尼（Olšany），布拉格一座公墓。

9 馬奇諾防線（Maginot Line），二次世界大戰前，法國在法德邊境修築的防線。

「傷心的事？如果您在產業內工作的話，就會覺得報上幾乎全是傷心事。我也到過布爾諾，警察在那兒搜了盧尚卡和利利什卡街，將妓女驅趕到諾維街一個夜總會上……」

「不是叫弗勒丁卡酒店嗎？」

「對布爾諾您也熟悉？」

「怎麼不熟悉呢？我青雲直上就是從那裡開始的。您知道，當我身穿燕尾服，披著白綢披風，登上舞臺演唱《風流寡婦》[10]時，給人多大的歡樂和饋贈嗎？我揮動著戴著手套的手，唱道：『……我要去馬克西姆，那兒多麼詼諧幽默……』」

「真美，您的嗓音太好了。不過您應該喝點水，喝一點……這樣就不會咳嗽了……」

「謝謝……您在弗勒丁卡酒店看到什麼了？」

「警察檢查身分證。後來，我寫了這麼一篇通訊——警官說：『瑪莎，你怎麼啦？』她回答說：『我還能怎麼？今天進行搜查，我害怕得很！』『怕什麼？』『您看看，他們突然過來，把我送到索科尼采，將我和一個流亡者拴在一起，可那個傢伙不停地在我耳邊嘮叨，說他來自布爾諾，其實他是從博斯科維采來的。要是今天有人找我的麻煩，我就逃到博斯科維采去，那裡沒人認識我。』警官把身分證還給了她。那是個大好人哪！後來我睡在身旁，他戴著眼鏡看《聖經》，一直看到天亮。我醒來的時候，他在我頭上劃了個大十字。」

「您記得這麼清楚？」

「朋友，凡是您寫過的東西，您會一直記住，到死也不會忘記的，哪怕只是偶然在您腦子裡閃過的印象。」

「現在我想……」

「不要坐起來……朋友！」

「沒關係……現在我明白了，我最光輝的演唱是施特勞斯的《最後的華爾滋》[11]。一位公主為此愛上了我這個衛隊的中尉，這難道是我的責任嗎？」

「坐好，不要從床上站起來！」

「難道我能對那些事負責嗎？我不過是在舞會上為她演唱了一曲〈愛情只不過是一場夢〉。時至今日，我也不清楚：本應該是團長同她跳舞，可她為什麼卻選了我……後來，您想想看，那是多丟人的事啊！在全團面前，團長摘了我的肩章，折斷我的佩劍……」

10 編註：《風流寡婦》（*Die lustige Witwe*），奧匈帝國作曲家弗朗茲·萊哈爾（Franz Lehár）所作之輕歌劇。

11 編註：《最後的華爾滋》（*Der letzte Walzer*），奧地利作曲家奧斯卡·施特勞斯（Oscar Straus）之輕歌劇作品。

「好好躺著，我去叫護士來。」

「不要，不要……因為要向公主告別，我在舞臺上還哭了。樂隊輕輕地演奏最後的華爾滋舞曲：『……原野顯得朦朦朧朧，細細的雪花在山上飛舞……』就因為這支華爾滋舞曲，我必須逃往國外，為了華爾滋舞曲……」

「您蓋上點兒被子，又出汗了。」

「我？是。您最近寫了什麼？」

「我已經對誰也不生氣了。這樣也就寫不出什麼了。最近我在布朗迪斯的戈黛娃夫人游泳池游泳，有位姑娘在那兒晒太陽。一個龍騎兵騎馬走過。那位小姐問他可不可以教她騎馬？龍騎兵把她扶上座鞍。可是馬受了驚，在草地上飛奔起來。姑娘的游泳衣撕破了，從她的身上掉了下來。那時正是中午，她赤身裸體，被馬馱著，飛跑過廣場，最後跑進兵營。士兵們正在用餐……我取了個不錯的標題〈布朗迪斯的戈黛娃夫人〉，可是結尾十分差勁，說什麼要制止晒太陽的姑娘，要反對出售扣不緊的游泳衣，還有受驚的馬……那天晚上，我在電影院裡，放映的是梅．威斯特主演的《我不是天使》[12]，我一下子看到：無論是我，還是其他任何人，我們都不是天使。為什麼要抓住人家的個別言語與行動，在報刊上向全世界大叫大嚷，說人類變得如何如何野蠻了呢？我打開窗戶，像布爾諾的警察為那些妓女劃十字一樣，在所有東西上都劃了個十字……朋友，可您已經睡著了，真的不叫護士小姐嗎？」

「不用，不用……我只是打個盹……您繼續講……我多喜歡聽到人的聲音啊……」

幾天以後，理髮師給死者修面。停屍間的工作人員難受地說：「他媽的，我這個地方怎麼有些痛？」

「什麼地方？」理髮師放下剃刀，打量了片刻問：「可能是這兒？啊，沒什麼，這是典型的腰痛，傻瓜！」

「這個地方也有點兒不俐落。」那工作人員挺直了腰下部。

「當然囉，」理髮師習慣地挪動了一下眼鏡說，「那不是腰後部的疼痛竄到膝蓋了嗎？」他說話的時候，語氣很重。

12 《我不是天使》（*I'm No Angel*），一九三三年美國喜劇電影，由美國演員、性感女星梅．威斯特（Mae West）主演。

「不是，」停屍間工作人員說：「我坐下的時候，脊椎骨下部好像有螞蟥在叮我。」

「好，這樣剛好，夥計！」理髮師得意地說，搓了搓手。「這完全是普通的腰痛，蠢貨！這是因為有一小點血滲到肌肉裡去了。給你打一針，要不就擦點兒藥膏。五天以後，你就是一位體壯如牛的小夥子了。」

他繼續高高興興地給屍體刮臉。刮完之後，洗洗手，還看看自己的業績。

「有些人刮起來真夠費勁的……皮膚細嫩，鬍子又硬又粗。可那邊那三具屍體刮起來真俐落，很快就刮完了。」

「這個房間也一樣，」停屍間的工作人員說著，抹了抹鼻子。「兩個人同時死，倒是容易料理。可是這兩位——願上帝保佑他們進入永恆的天堂，如果真有什麼天堂的話，還真有點兒蹊蹺。比如說這一位吧。」說著，他敲敲一口棺材，「還有那一位。」他又敲了一下另一口棺材。「登記表上寫的是：輕歌劇獨唱演員。但我們打電話去問那個協會是不是有人來出席葬禮。那邊回答說：根本沒有這麼一位獨唱家，雖然有個人叫這個名字，可他是合唱隊的人。您看，他遺留的相冊，全是扮演主角的……可能是改穿了制服和燕尾服去照的相。我把相冊放進了他的棺材，有誰會把他當作壞人嗎？」

「我是會這麼認為的！」理髮師將眼鏡往上一推，說：「我對這種事是不客氣的。要這樣的話，人類將落到何等地步？」

「得了吧！我看身邊發生的事，幾乎所有的人都把事情弄混了，把他們想成為的人與他們實際的人混淆了。」停屍間的工作人員說。

理髮師將剃刀和剪刀裝進小箱子，回答說：「這很有可能。但人類社會必須想個法子預防這一點。要不然就根本無法區分人，也不會有人去貢獻了。那一位呢？」他用下巴示意另一口棺材。

「那個穿藍色制服的，記者協會的，叫這個名字的人雖然給報紙上寫過東西，但無非是些關於偷盜之類的蹩腳玩意兒。可他的腦袋下面枕著個厚厚的本子，貼的全是大塊文章，寫得詼諧風趣，我想拿回家去留個紀念。」

「注意！」理髮師豎起手指，一副很行地說：「喉結核病可是傳染性的。這麼看來，我今天原來是幫兩個騙子刮臉啊！」

「有人來了！」

「騙子！」理髮師重複道，捶了下停屍間的門。然後敞著白大褂，走過醫院的過道。

在窗子附近看到一個年輕人，腿伸得直直的，拄著拐杖。走廊上再沒有別人。理髮師走上前去，拍了拍年輕人那打著石膏的腿。

「骨折了嗎？」他問。

「是的，大夫先生。是騎摩托車摔的。」

「坐著，坐著，好了一點兒嗎？是不是來換繃帶？」

「是的，大夫先生。」

「好，主要看筋骨有沒有問題。您的腿腫嗎？」

「已經消腫了，大夫先生。」

「好極了！上樓去吧，他們正等著您……」理髮師擺擺手，提著小箱子快步走過醫院的走廊，還聽見年輕人在身後大聲說：「謝謝，大夫先生！」

吹牛大王

漢嘉一大早上班去幹活。他坐在電車上，從提包中取出一份《先驅論壇報》，裝作很有興趣的樣子在閱讀社論。

一會兒他大聲說：「那些資本家同樣也唱聖誕頌歌，我倒想給他們來點實力政策！」但乘客們都望著別處。漢嘉又攤開《法蘭克福匯報》，好像讀了幾段，就評論起來：「尊貴的先生們，我讀報的時候，真有點不明白：誰贏了那場戰爭，誰又是輸家呢？」

他笑著說：「扶住我吧，我快嚇死了！艾德諾[1]在談論保衛西方文化！是在哥倫比亞大學講的。諸位，你們懂嗎？在大學講的。很遺憾，我們國家沒有九千萬人口。」

他咳嗽了一聲。可當他想從周圍人們眼神中尋找理解時，發現那些眼光都遊移不定，似乎都在看別處，根本沒感到他的存在，彷彿都瞧不起他。但是，漢嘉感覺良好。他認為人們是嫉妒他見多識廣，他心裡反倒樂滋滋的。他放下聯邦德國報紙，又興致勃勃地攤開《人道報》，像電車行駛一樣，快速瀏覽標題，但報上的消息讓他不大高興。

他放下報紙，眼裡含著淚水說：「法國人的自豪感到哪裡去了？善良的人們啊！斯派達爾[2]、馮．曼陀菲爾[3]和古德林[4]那幾個魯莽的漢子一起在巴黎開會，真把我氣死啦！」他慢慢收起報紙。這三份報紙是他從廢紙堆裡發現的。其實他只能看懂其中幾個姓名，隨即下了車。

到了拐彎角，他馬上走進一家乳品店，他每天去那兒買牛奶餵貓。

「你養了多少貓？」女店員問。

「多少？夫人，等我打開小倉庫您就明白了。還沒等我走過去，黑壓壓的一大群貓便朝我衝過來。這樣您知道了吧？」

「知道了什麼？」

「昨天夜裡，霍勒肖維采碼頭上著火了，裝糧食的船都燒起來了！燒著的麥粒蹦向四面八方。消防隊員已不是往船上噴水，而是給附近的利本尼和布本奇區救火。這災難太可怕了！」

「那可真糟糕！」女店員扳著指頭數道：「您到底有多少隻貓？」

---

1 編註：康拉德·艾德諾（Konrad Adenauer），首位西德總理、著名政治家、法學家。

2 漢斯·斯派達爾（Hans Speidel），德國納粹將軍，占領法國的德軍指揮者。

3 哈索·馮·曼陀菲爾（Hasso von Manteuffel），法國軍官和政治家，二戰期間在亞爾丁戰役中任兵團司令。

4 編註：海因茨·古德林（Heinz Guderian），二戰時期德國陸軍將領，聯合兵種作戰和前線指揮等戰爭型態的先驅。

「小丫頭，啊，對不起，夫人……不多。現在有六隻公貓簡直瘋了。自從那幾隻貓發情之後，家裡就只剩下十二隻了。當公貓要交配的時候，那可真是災難，牠們徑直往天花板上爬。」

「交配？」

「是呀，您自己也知道，那種強烈的欲望有多折磨人啊！這是大自然中等離子的相互作用。動物也喜歡在小洞裡偷情歡樂啊！」

「這是什麼意思？」

「啊，請原諒我……動物也樂意扮演爸爸和媽媽呀。而公貓，那可是精力旺盛的傢伙。」

「十二隻貓！可我們的孩子常往您那兒送廢紙！那些公貓發起瘋來那可真不好，牠們是不是會滿街亂咬人？」

「是會咬人的。」

漢嘉從提包裡摸出一份《義大利團結報》。

「是這樣的……報上寫道……是的，義大利波河暴漲……這兒是摩納哥大公娶了美國的女演員葛麗絲・凱莉……還有，佛洛倫薩一群貓瘋了，在烏菲采咬了十五名德國人。這兒還有照片，連旅遊手冊也被咬了。」

「我可不能不管，今天就給家長會打報告去！」乳品店女店員說，把頭一扭，難受地望著街上。

出納在保險公司等著。

「漢嘉先生，昨天我們給了您幾張匯票。」

「是的，但這是怎麼回事？」

「怎麼回事？我們以為，過去我們當廢紙給你們的匯票是過了期的，但那些過了期的實際上還留在我們辦公室。」

出納指著保險公司說：「而那些仍舊生效的匯票卻已經扔進了廢紙堆。」

「這我們不在乎……紙總還是紙。」漢嘉說。

「我們彼此沒明白對方的意思。我是想說，看能不能兌換。」

「那未必。紙都打包了。」

「那些包在什麼地方？」

「我自己也想知道！昨天已經用汽車運到造紙廠去了。」

「哪個造紙廠？」

「要看裝的哪一部車。匯票反正是完了。最好去求助活命水和萬事通老人的三根金色頭髮[5]。」

「我有意見！」

「您可以提出，不過在我們那裡是什麼也找不到的。但可能讓人吃驚的是，您會在那裡發現五花八門的東西。革命以後，我把那些東西包起來，放在列特納街一個地下室裡，用叉子往裡推，還在裡面翻來翻去。您猜，都有些什麼玩意兒？」

「匯票吧？」出納高興地說。

「哪裡！有長筒靴！第二次再去翻的時候，發現了死去的一位頭頭和他的手槍，還有德國洗衣房的珠寶、帝國養兔房的裝飾品……那個頭頭早死了。我說，怎麼辦？我把那屍體等等的扔到木箱裡，周圍塞上廢紙，踩得嚴嚴實實的，用鐵絲緊緊捆著……那些東西跟你們的匯票一樣，進了造紙廠。人們剪斷鐵絲，再將廢紙捆扔進搗碎機，裡面加上硫酸。可能當時有人在《捷克言論報》上讀到過有關德國納粹黨人的消息。這些情況有意思嗎？」

「是……」出納打了個噴嚏。

「那是真的啊！我在國家銀行也經常包捆廢紙。您可能會有興趣，人們從天花板上往下扔作廢了的紙幣。我戴著面罩在那兒打包。成千上萬的票子啊！那些紙幣一張張從天花板上掉下來。粉碎機的響聲可好聽哪……我當時想起了一個問題，便向出納主任提出說：『您是不是有時會在錢櫃裡丟失上百萬？』您知道，他怎麼回答？」

「不知道，不知道。」出納一下子愣住了，心怦怦直跳。

「那主任說：『漢嘉先生，要是丟了一百萬，我準會馬上發現。感謝上帝，還沒丟過。但是少了十二個哈萊士，六個人要尋找一個星期。』」

出納感到背上發冷，又打起噴嚏來。

「是這樣！」漢嘉說：「但有趣的是，每時每刻都有人在丟失東西。在我們那裡，人們由於疏忽而丟進廢紙堆的雜物，如果全收集起來，可以開一個舊貨商場。小孩們由於不在

5 〈萬事通老人的三根金色頭髮〉（Tři zlaté vlasy děda Vševěda），捷克童話故事，有了萬事通老人的三根金色頭髮便能無所不知。

意，把收音機也送到了廢品站，還有整臺的發動機、皮鞋、服裝、一本本帳單、汽油供應券，還有匯票。而最轟動一時的事，便是有人誤把價值一五〇萬克朗的鑽石跟廢紙一起扔到地窖裡去了。七名探員翻遍地窖裡的每一張紙片，共九千公斤的廢紙，花了一個星期，還是沒有找著。」出納又打了一個噴嚏，還往手掌上擦鼻涕。

「您沒有手帕嗎？」

「沒有，我忘記帶了……」

「您為什麼不馬上講？這點小意思，明天我給您捎一打來。過去拆毀猶太墓園的時候，德國人給我們這裡運來一千公斤的物品，有旗子、長袍、圍巾之類。剛開始我們都把那些東西撕成碎片，後來將它們做成手帕、毛巾。我……」漢嘉越說越興奮。「我收集了一櫃子東西，足夠兩個新娘子用。我老婆用那些旗子縫製了兩打運動褲。手帕多得數不清，一輩子都夠用了。但是，我得聞那臭硫酸味。先生，那味道可難聞啊！您知道，在金線中聞到那種刺鼻的味兒是一種什麼樣的享受嗎？」

但出納心裡盤算的是，要是他的錢櫃裡少了二十個哈萊士該怎麼辦？

「我著涼了……」他說。

「您幹嘛不早說？可要注意啊！您從辦公室回到家裡，往杯子裡倒一點兒水，多加些蘭姆酒，當然要放幾顆丁香、一點兒胡椒，然後痛痛快快地喝下去，等一刻鐘後，再喝二十克黑麥酒，這對心臟有好處。隨後就到野外去……等天黑了，找個地方躺下，一覺睡到大天亮。露水灑在您身上，傷風就全好了。這叫克內普療法，比那個克雷斯尼茲敷貼療法強多了。好，明天我給您把手帕捎來！」漢嘉說著跟出納握手，還親切地拍了他一下。

出納扶著保險公司的門把手，又打了一個噴嚏，快步走進門廳。

漢嘉朝四周看了一下，一位汗流滿面的人推著小車，正朝他那廢紙回收站走去。他加快了腳步，幫著那個人推那輛像一門大炮似的車。

「還好我還有這車。」車主說，但車上放的不過是個小包。

經理從辦公室出來說：「放在磅秤上吧！」

「你們有平板車嗎？」車的主人問，擦擦頭上的汗。

「平板車，那是什麼玩意兒？」

「平板車，就是啤酒廠用來滾動酒桶的東西。」

「沒有。」

「那麼鐵橇總有吧?」

「鐵橇?有,幹嘛用?總不至於為你這一點東西動用鐵橇吧?」經理尖聲地說。他心裡已明白,今天一整天不會有好心情了。他上前將小包放在磅秤上。

「也就五公斤。」

「好……這還行!」小車主人高興地說。

「這麼點玩意兒,您要現金?還是彩券?」

「要彩券,但不要號碼連著的。」

「這兒有一張。」

「不行,這張我不要。您給我把彩券洗一下,打亂順序!」

「好吧,這是彩券,您自己洗吧!」經理低聲說。

「你們這兒最好要有一隻鸚鵡。」小車主人說著,將彩券塞進錢包。接著他又用勁推車,但推不動。一出院子便是上坡路,車就顯得重了。漢嘉在車子的這一邊,經理在車子的另一邊幫著他推。經理彎著腰,用胸膛頂著車輪,邊推邊喊著「唉唷」,終於將大炮一樣的車子推了上去。

「我要是能這樣中一輛斯巴達克車就好了！」車的主人嘆著氣說。

「怎麼可能呢？斯巴達克車我們經理已經開走了，所有的主要中獎彩券也賣光了。您要是中了獎的話，充其量不過能得一條頭巾，一本書，一件衫衣。」漢嘉說。

「我至少已經有了這輛推車。」小車主人高興地說。他吃力地推著車往斯巴萊納街去了。漢嘉回到院子裡，對經理說：「那輛手推車實在可怕，它就是我從前生活的象徵啊！」

九點鐘，一位老人走進廢紙回收站大院，繞過一排擠在磅秤旁的客戶，站到院子中間，以一種虔誠的表情觀看牆壁的每一個角落，像進了教堂似的脫了帽子。

「您在這兒看什麼？就像是從櫻桃樹上掉下來的一樣。」漢嘉放下手中的活兒站起來問。

「您知道……三十年前我在這兒幹活，不過那時還沒有這座樓房。這地方，過去擺著磅秤，」老人指著說，「這裡過去是水泵。倉庫那個地方，以前是馬棚。那時候，我是趕馬車的……。」

「我的老天！是位稀客啊！快把手伸給我！」

他們久久地握著手，對視了片刻。老人指指劃劃地說：「那兒，辦公室那兒，從前什麼也沒有。拐角附近，當時是做生意的地方。靠窗戶旁邊，豎著通往閣樓的梯子，上面是乾草房。那塊陰暗地方，通常擺著長凳，因為偶爾有陽光照進來……」

「你這個善良的人啊！你喜歡回想過去？我帶你一塊去。等有空的時候，我給你個信，帶你上斯拉布湖，」漢嘉說。「我們一塊兒去，不過只有我們兩個人，坐著船到湖上去遊一番。等我說『夠了』，我們就停住。現在我們要像從氫氣球上那樣往水裡看，如果那水清澈見底，在小船下面就能看到我出生的小村莊霍洛什。我將指給你看，有鯉魚游動的地方，就是我的出生地。」

漢嘉半蹲著，用手指著地下說：「我是在那座教堂接受洗禮的，就是鯰魚大搖大擺游動的那地方。還有，在那個大魚趕小魚的地方。那座塔上常有鐘響。」說著，他敲了一下地面的磚，「這裡，也有一種又長又扁的魚，像鐵鍬一樣發亮。那邊是個酒吧，連屋頂也沒有，我常常和姑娘們在那兒消遣……」

有幾滴眼淚滴到了他的手背上。

老人擦擦鼻子說：「我走的是過去生活的老路。但各處的情形和往日不一樣了……完全不一樣了！到處只有回憶。這回憶比那時的情景更讓我洩氣……」老人又嘆了口氣說：「你知道……現在我倒樂意看看我年輕時待過的地方，可是當我找到那被破壞了的老地方時，我總以為自己弄錯了，以為我以前是生活在別的地方。我已經五十年沒有去過我的出生地了。我到我原來的小籬笆旁一瞧，我出生時的那座小村莊早就沒有一點兒影子了。小村莊當時在克拉德諾附近，後來建起了波爾迪第二鋼鐵廠……你去水庫那兒，還可以經過你出生的村莊和小屋。我出生的小屋可被永遠填平了。我在那兒呆呆地望著，兩手扶在欄杆上，活像十字架上的耶穌。後來，我報名參加了勞動隊。我想，假如我參加一個小組，去挖各種各樣的通道，說不定有一天我的十字鎬會碰上教堂的塔。可是他們不要我，嫌我太老了。在人們心目中，我已經一文不值了。」

「那就去出售你的骨架吧！」漢嘉說。

「什麼？」

「出售你的骨頭架呀！研究所要收購人的完整的骨架。把你捆得緊緊的，運去以後，放到其他的死人中間，用藥水泡起來。不過現在你還活著，可以多得幾千克朗，還能像過宰豬節一樣，飽餐一頓。」

「他們那些傢伙還關心人嗎？」

「關心什麼！學生們在你身上實習完了，將你熬煮一通，把骨頭摘出來用銅絲繫在一起，就是一副像樣的骨架了……」

「啊！現在我正好要錢花。回憶把我都弄糊塗了。朋友，那就拜託你了……」老人低聲說：「他們把我的電線剪斷了，因為我沒錢交電費。管房子的人把我的爐灶也拆了，就因為我沒交房租。我幾乎把所有的東西都變賣了……可是現在呢？」老人被迷惑住了，說：「我有點用處了，而且是用在科學上！」

「你真是個有意思的傢伙，」漢嘉隨意發揮說：「讓你整天站在博物館，有什麼幸福可言！要不……」說著，他自己也感到驚奇地說：「把你豎在中學裡的教師辦公室，有時將你搬到教室去，教授先生像彈奏樂器一樣，用指頭敲打你的骨頭，同時給學生們解釋，哪塊骨頭叫什麼名字。講完了，下課，休息！」他想了一會兒，又往下說：「課間休息……學生們嘴裡叼著菸，也許還會摟著你跳舞呢！」

「夠了，夠了！你是在開我玩笑！我內心的發動機又啟動了……我還有指望……」老人大聲說。

可他馬上又陰沉下來。

「只是，只是不知道他們是不是要我……買我。我這馬上就去。在什麼地方？」

「阿爾貝多夫街，從查理廣場往下走，到那兒再打聽，什麼地方收購骨架。可能不會馬上付你錢，有時還分期付款！」

老人淚汪汪地，迅速穿過走廊離去。

廢紙包裝女工瑪申卡聽了上面的全部談話，激動地說：「天哪！你們這些男人成天喜歡鬧這些把戲，現在又要賣骨頭架了！晚上我回到家裡，聽到的還是這一套，鄰居也跑來逗我。」

「有個叫什麼拉迪克的先生，常來我們家，說是來安慰寡婦的，說這是天主教的義務。然後就躺在我那兒翻來滾去的，難受得說要讓上帝將他帶到自己身邊去，說如果他那位得了癌症、住進了醫院的老婆動手術時一命嗚呼，他怎麼辦？說他，拉迪克先生，準會跳到火車前面去……」

漢嘉邊聽，邊從破啤酒箱裡挑出幾本有關姑娘們的浪漫小說。

一會兒他又問：「真有這麼回事？」

「嗯……現在，我被折騰得不得不去安慰那個天主教徒鄰居說：『大夫的手，不僅像黃金，而且像鑽石。』可是拉迪克先生說，不對，他十分了解，那些人的手並不是萬能的，說他還是要跳到火車前面去，並且跑了出去，還大聲喊著：『上帝呀！』」

「結果怎麼樣？」漢嘉驚訝地問。

「拉迪克先生昨晚的確大喊了一聲：『上帝呀，她把那鑽石戒指扔到哪兒去了？』我就只好跟他一起到他的臥室去，他在地上爬著尋找戒指。昨天……您有在聽我說話嗎？」

「有在聽……您說昨天……」漢嘉撒謊說。

「昨天，他去我那兒，安慰我這個孤獨的寡婦。還帶著手槍，說要在我那兒自殺。我給他煮了三根土耳其香腸。他就向我保證，雖然要自殺，但會在他自己家裡。對你們這些男人，我真沒有法子……您要上哪兒去？」

漢嘉將浪漫小說揣到大衣口袋裡說：「我要去為頭頭買一桶汽油、一桶柴油。頭頭對我說，人們已在對他大聲嚷嚷說：『什麼時候消防隊要去你們那裡?你們什麼時候盤點？』」

「小夥子，我在奧爾薩尼公墓還有一塊空地。我常常這樣打發我那美好的星期天：上公墓去，站在我那塊空地上，想像我靜靜地躺在下面……沒有男人，沒有廢紙，也不要什麼天主教徒。我真盼望著去那兒！」瑪申卡懷著一種渴望之情說。

漢嘉走進酒吧，沒有向別人問好，只是將一本言情小說放在櫃檯上，朝四周望了一望。一位顧客已在付錢，發出心滿意足的聲音。另一位顧客敲了一下櫃檯，高興地注視著女店員對著燈光倒酒。第三位顧客望著滿杯的酒，掉轉頭，將酒灌進嘴裡。

女店員抓起那本關於姑娘的浪漫小說，迫不及待地在櫃檯旁瀏覽標題。她抬起頭，露出了從早上以來的第一次笑容。

「我們喝點兒什麼？親愛的！」她說著，倒了一杯蘭姆酒。「這是寫一個男人墜入愛河的故事嗎？」

「是這麼回事兒。」漢嘉回答說。

「你讀過這本書？」

「那篇〈瑪格德的遭遇〉還沒有看，〈掙斷了的手銬〉也沒有看，可那一篇〈男爵的心願〉我看了，是為了您這種小心肝寫的，夫人！」漢嘉鞠了一躬。

「我簡直等不及了，等不到晚上了。」女店員說。「哪怕給我講一點兒也好啊！」

漢嘉噓了一聲，拍了她一下，開始講述起來；但不是〈男爵的心願〉，而是他吃鴨肉時讀的〈品行端正的姑娘〉。他念道：「城堡裡，一片寂靜……一個美好溫馨的夜晚，維爾瑪打開通往平臺的門……她突然驚叫了一聲：『男爵先生！』」

「親愛的，今天我給您上午餐，好嗎？」

「好，可是維爾瑪大聲喊起來：『不行！男爵先生，那個稱呼對你不恰當。請您了解！您是已婚的男人，可我是個貧窮的女孩！』但男爵先生跪下來說：『維爾瑪，愛情無損於名譽，而恰好相反。妳應該、必須成為我的人！』您好，顧問先生……您過得怎麼樣？還一直喝著酒？」漢嘉對一個喝了一大杯蘭姆酒的禿頭男子說，還解釋了一句說：「夥計們，你們不知道吧，我們倆曾經被這藥一般的酒弄得疲憊不堪……對吧？」

漢嘉使勁盯著那禿頭男子。此人對今天的會面卻一點兒也不感到高興。漢嘉繼續對大夥兒說：「我和這位顧問先生，我們倆挫敗了米斯利弗切克先生的條件反射論：所有的病號在進行注射之後都嘔吐了，只有兩個人沒有吐，那就是我和顧問。我們兩人戰勝了科學。這是精神對物質的勝利，對嗎？」

但是顧問不感到高興，他真想從牆縫中鑽出去。

「結帳。」他十分反感地說。

「二十克蘭姆酒，兩杯十度的啤酒，對吧？」女店員走過來說。

「嗯。」他哼了一聲，往櫃檯上扔了兩張十克朗的紙幣。他對戰勝米斯利弗切克並不感到稱心，就走到街上去了。

「後來怎麼樣了？」女店員激動地問。

「男爵夫人將他們抓住了，問：『維爾瑪，您深更半夜，穿著這樣的便服來接待已經結婚的男人？我過去可是那麼信任您啊！』」漢嘉將空酒杯晃了幾下。女店員給他斟滿酒，他將男爵夫人的話念完：「『這麼說，男爵先生是您的情夫？』」

「你小子，真他媽的！」他看到一個醉漢就突然叫起來：「你知道你長得有多像埃迪．波羅[6]嗎？」

「大概知道。」醉漢說：「您坐到我身邊來吧！叫我焦佳，從昨天起，我像一面破旗子

6 編註：埃迪．波羅（Eddie Polo），奧匈帝國出生，後移居美國之默劇演員。

一樣飄著，很不痛快。我的妻子欺騙了我！」

「我的天！那要是我，就會在家裡立個嚴格的規矩。你是天主教徒嗎？」

「是。」

「你首先要教訓一下你的妻子：世界上第一重要的是上帝，緊接著便是丈夫，隨後是所有信教的人，最後才是跪在地上的妻子……又可憐，又聽話……」

「我們家正是這樣，她要是有一點點偷懶，我都可以治她，可她待在家裡織她的毛衣，我就成了唯一的無賴漢，」醉漢顧客指著自己說。「我是抱著什麼樣的理想結婚的啊！什麼鬼理想！一年以後，妻子會找到個情夫，我會撞斷一隻手，以後再斷掉一隻，我就會跟過去一樣，像鳥兒一樣自由自在[7]了……」

「可那以後就是不幸啊！」漢嘉說著，走回櫃檯，女店員用手向他示意。

「結果怎麼樣了？」女店員扶正了她的耳環問。

「您問的是他……」漢嘉指著那位讓別人叫他焦佳的顧客說。

「他醉得已快不省人事。我問的是那位男爵夫人怎麼樣。」

「別問了。從我這兒你問不出什麼名堂的。」漢嘉舉起兩隻手說：「這我不能跟您講，您聽了還可能鬧出點什麼事來！真是可怕的不幸啊！」

她往杯裡倒了蘭姆酒，又央求說：「好了，親愛的，您講吧！我已經是過來人了，安葬過兩個丈夫。」

「我一下子就可看出，您是一位夫人。」漢嘉說著舉起酒杯，像故意挑逗自己似的，沒有喝，「我給您講這一回就再也不講了。在最後一章裡，男爵夫人對行將死去的人大聲喊道：『維爾瑪，您還在否認！您中毒了！』可維爾瑪卻說：『男爵夫人，我是多麼的幸福啊！』男爵夫人仰望天空，低聲說：『啊！維爾瑪，您精神真偉大！現在我才理解，您為我們的夫妻關係做出的犧牲……』」

安葬過兩位丈夫，飽經風霜的女店員兩眼望著窗外，不禁淚珠滾滾，一直流到皺皺的圍裙上。漢嘉也擦起鼻涕來。

「不一會兒，維爾瑪就離開了人世。城堡上敲起了喪鐘……」漢嘉說著，用袖子去擦眼淚，將杯中的酒一飲而盡。

7 「自由自在」一詞，捷克語中的另一個意思是「單身」、「未婚」。此處示意「單身」。

那位自稱為像旗子一樣從早上飄到晚上的顧客卻興致勃勃地說：「諸位，我有一個什麼樣的兒子啊！你們瞧瞧我吧！你們知道，像我一樣，有這麼個兒子是一件多麼美好的事啊！我那個小子是青年柔道教師，他媽的，你們瞧瞧我吧，我也是做這個行當的。」漢嘉捏捏他的肌肉，承認說：「的確還滿硬的。」

「好了，現在你們想像一下我的運氣吧！」他高聲說：「星期天早上起來，我看到兒子在洗澡，算個輕量級。我又跳又叫說：『好吧，兒子，今天咱們來比試比試。』兒子恭恭敬敬按奧地利方式回答說：『爸爸，您有這個意思？那咱們就試一試吧！』他用『您』來稱呼我以表示尊重。於是我便伸手去抓他，可他總是這樣揪住我的杉衣往磚上蹭，像幽默雜誌上說的，折騰得我兩眼直冒金星。我過生日的時候，他給我的禮物就是把我的手關節扭到脫了臼。朋友們，我的婚姻破裂了。我唯一的幸福就是有一個棒兒子。」

漢嘉將空酒杯放下，低聲對女店員說：「……後來在公園裡，在死去的漂亮的維爾瑪住過的房間下面，發出了沉重的響聲……」漢嘉審視地望著她。

「今天已經夠了。您講這麼些正好。」女店員冷冷地說。

「我講過，我是尊重夫人您的意願的。不過我箱子裡還有《希爾達·哈尼科娃的罪惡》、《妓女的浪漫史》還有《六年級女學生》……假如沒有人願意看，我拿著這些書怎麼辦？」

「您說什麼？」女店員不相信自己的耳朵。

「您有興趣？」

「您好像不明白似的。我主要對那本《六年級女學生》感興趣。我是在劇院演過戲的人呀！演的是那位瓦拉什科娃．斯丹尼的朋友……我身穿水手服，頭髮紮著蝴蝶結……這您不知道？那我給您講一講……」

「另外找時間，以後再說吧，我腿痛。」漢嘉謝絕了，他又接著說：「以後吧！倉庫裡只有我一個人，我們的頭頭早上出去騎馬，挨馬踢了腦袋，再說，我們在這裡也待不長了。再過兩禮拜就該搬家了。廢紙回收站要麼改為夜總會，要麼成為廢金屬收購站。當然，夫人，為您，我現在就已經收藏著歐洲市場貨真價實的『珍品』，準備聖誕節送給您……比如《真正的和弦》、《活埋》、《幸福的痛苦》等等。」

「親愛的……」女店員深深地吐了一口氣，斟了一杯干邑說：「這酒您喝了身體會覺得舒服的。」

「好吧，夫人……」漢嘉將腳後跟一併說：「為您的健康乾杯！」

收購站主任撥了一下磅秤杆上的秤坨說：「你們正上映些什麼好片子？」

「非常好看的電影：《你好，笨漢》。一天就有兩袋廢紙。不過還不能和《紅磨坊》相比。」麥特羅電影院的女清潔工擺擺手說：「那是一部很妙的片子。兩天八袋廢紙。那部電影像《第七個十字架》一樣成功。可是下星期還有更妙的東西！」

她朝院子裡的玻璃頂蓋送了一個飛吻說：「我們要上映《哈姆雷特》了。巴黎的姑娘們說，那是一部談情說愛的故事。」

「好，這裡三十公斤，您把它直接倒進那個木箱裡……」收購站主任說著，殷勤地將一個袋子拖到木箱旁邊。瑪申卡正在那兒踩緊廢紙。

「我知道，」主任說：「所有的電影您都能背出來，是吧？」

「我？沒這回事。」

「連《紅磨坊》也沒記住？」

「連《第七個十字架》也沒記住，我是按畫面來自己編故事的。我更欣賞戲劇。但您去看看吧！從圖片上來看，這是關於一個非常漂亮的小夥子的故事。很像在我們雅羅夫宿舍的一個學生身上發生的愛情悲劇。」她說著往木箱裡裝雪糕和冰淇淋紙，並馬上將它們踩嚴實。這時候，漢嘉走進院裡。主任看了看手錶，已經九點四十五分，馬上皺起眉頭說：「十一點了，你今天還沒做多少活兒。」

「天哪，到晚上還有的是時間嘛！」漢嘉做了個鬼臉說。「但有個小問題：有沒有一輛這樣的大車開進院子裡來？」

「什麼樣的大車？」主任詫異地問。

「大轎車吧！我看還沒有開進來。我只是跟上頭的人說了幾句話，可能要有點小意外。」

「我的天哪，我就怕你那些小意外！我說漢嘉，你又去哪兒胡扯了？你總是給我們捅婁子。這哪裡還有安靜的日子，教人夜裡要怎麼睡好覺啊！」主任說著，手都發抖了。

「這也是我的一種……」漢嘉幻想著說：「您知道，就是在足球比賽中，我不喜歡六比零，也不喜歡五比一，這沒有什麼戲劇性。在日常生活中，我也喜歡戲劇性的東西。對我來講，六比五……四比四……倒更教人高興。一個優秀的球隊在決定名次的關鍵比賽中輸了，兩個點球不中，三次射到欄柱上，兩次碰到橫梁上，最後，守門員抵抗無力，輸了！」

「原來你是這樣的？你知道你自己是個危險人物嗎？」

「我是！」漢嘉指著自己說，同時剪紙捆上的鐵絲。「我們換個話題吧！夫人，麥特羅電影院現在上映什麼？你們要上映一部犯罪片是嗎？」他笑著說：「我要到那兒去看看，讓你們的生意更興隆。我要買三根冰棒吃……喲，您知道嗎？等到奧利維議員捧著打破了的腦袋繞過電影院時會是怎麼個情景？瑪申卡，您知道哈姆雷特是誰嗎？」

「不知道。」瑪申卡笑著說。

「他可是個很棒的小夥子，對什麼事都格外認真，是新紀錄創造者。他用自己的血寫出了自己的信念。而他情人的屍體卻在逆水漂流……唉！」

「天啊！你又喝多了。今天的活兒準會幹得不像個樣子。」

「喝多了，我？如果說喝了，那也只是一丁點兒，不過是用古希臘傳下的方式消消毒，講衛生……」

「晚上肯定睡不好了。」主任嘆著氣說，並轉向麥特羅電影院女清潔工：「女士，過來吧，我給您記下……」他走到磅秤旁，小聲嘟囔說：「我招誰惹誰啦？」

瑪申卡憎恨地望了望主任，輕聲抱怨說：「這真可怕，我好像在《仲夏夜之夢》裡一樣，漢嘉，我曾經住在一座有十一個房間的屋子裡，有司機、廚師、女傭。園丁每天都來問我：『夫人，我該剪哪一種花？』可他卻這麼對待人，您親眼看到了。還不到十點，他就大嚷起來：『已經十一點了！』中午對我也是這個樣子，真是個小丑！」她蹙著眉頭朝磅秤走去，「我該吃午飯去了，他看看鐘，那鐘上是十二點半。可他大聲嚷道：『那就快吃快回吧，已經一點四十五分了！』我飛快奔向職員食堂，想快點兒要到午餐，我不得不撒謊說我懷孕了。我胡亂吃了一通，回去的時候，那小丑又在看鐘，才一點，可他卻大聲喊道：『妳上哪兒去了？已經兩點四十五分了，我快吃不上午飯了！』我盡快替他接下磅秤。他換衣服，然後看看鐘：一點四十五分，可他盯著我的眼睛說：『現在是一點，我衣服換得夠快的！』等他吃完飯回來的時候，時鐘指著兩點半。他搓搓手自誇說：『我夠會趕時間的，才一點四十五分！』然後他又雙手合十說：『上帝啊！我簡直是在煉獄裡受罪！』」

「是啊，瑪申卡，」漢嘉點點頭，「有個跟我一起上學的男孩，名叫甘加拉。『三乘三等於幾？』老師問他。甘加拉回答說：『等於七。』於是他挨了兩巴掌。老師又問：『三乘三等於多少？』他還是說七。全班同學用藤條抽打他的褲子，再問他：『三乘三等於幾？』

他總是說：『等於七。』甘加拉表現得那麼堅信不移，使得老師不得不到教師辦公室去查閱數學課本，他往那兒跑了整整一年，到後來連對數學課本也不相信了。最後，這老師因為甘加拉和那道簡單的算術題弄得幾乎發瘋了……你好啊，你這個老古董！」漢嘉對著安托尼，布拉特拉遊樂園的前任經理說。老經理正好推著小車進院子，用被煙燻黑的兩隻手高高興興地和他打招呼，並迅速將袋子放在磅秤上。

主任往袋子裡摸了一下說：「安托尼，這袋子裡怎麼溼呼呼的？」

「別急，主任，您平靜一點兒！」安托尼嘰哩咕嚕地說：「袋子是被早上的霧打溼的。」

「霧打溼的？」主任大聲嚷道。「那好，因為早上有霧，扣掉五公斤。」說著，他又伸手到撕破的袋子中去摸。有個小東西掉了出來，還有聲音。

「您做手腳了，安托尼先生。我們這兒可不收金屬，您應該到小魚塘街去！」

「可是主任，冷靜點，這不過是一個什麼果汁瓶上的蓋子。」

「我這個人可是作過保證的！」主任捶著胸膛說。

「您看到了吧？真是個爛人！」瑪申卡以鄙視的口氣說：「對一個窮人這麼大喊大叫

的！」磅秤旁邊又有什麼東西噹噹地響了一下。

「安托尼先生，立刻把您的東西包起來，再見！我可不能為這被關起來！」

「主任，這是誤會……」

「什麼誤會不誤會……我們這兒可不是什麼社會救濟處，是國營企業！您那些破爛還是拉到聖沃伊傑赫街的收購站去吧！」

「可是，主任，您要理解，我從前多少也算個人物，可後來境況壞了。現在一切都晚了……我就是這個樣子了……不能通融一下嗎？」

「規定就是規定！」主任堅持說。

「喂，」漢嘉大聲說，「現在我想起來了，如果輕工業部給我來電報，主任，請叫我一下，那是給我發的。」

「什麼電報？」主任急忙問道。

「沒什麼，我不過是等著部長先生邀請。」

「去做什麼？」

「沒什麼……我只是打了個報告。」

「什麼報告?」

「關於整個形勢的報告。」

「是誰讓你打的?」

「誰?我自己。我們等著瞧,看怎麼辦吧!」

「什麼怎麼辦?打什麼報告?你這個人,到哪兒都讓上司倒楣。在卡爾林納,你把會計室弄得一場糊塗,還火上加油,這還嫌不夠?有人為這事去坐牢……可那是誰呢?」

「除了上司,還能有誰?」漢嘉笑了。

「上司!現在該輪到我啦!沒門兒!」主任用兩手表示反對。

漢嘉看著瑪申卡高興的眼神,更來勁了。他說:「主任先生,有時候,人掌握著對別人的權力,是件很開心的事兒。這種權力用不著很大,有一點兒就成,就能耍耍威風。可是,小夥子,等到春天再來的時候,多麼美好啊!我將站在查理城堡的森林裡,春雨剛過,水珠滴滴答答,我四下裡瞧瞧,並說上一句:『感覺不錯吧……你們這些雲杉,這些松樹,你們也在開懷痛飲啊!』」

「你又灌了不少吧?我在這裡就聞到了你的臭味,真難聞!」

「請您原諒，那是洋蔥和大蒜頭的味道，但您要怎麼樣?小夥子們，我要到森林裡去，到我那林間空地去。冬天，我去那兒，四處瞧瞧說：『你們這些樹林子啊，在這兒生活得好吧?你們做些什麼?』那些樹將對我說：『我們正等著抖去身上的雪!』大自然將拿上一根手杖，對我們高呼：『好啊!咱們走!』」

「這也算一點廢品吧!」主任對安托尼說，付給了他七十公斤廢紙的錢。

「要是我還有點力氣，小夥子們，我會把所有的事都告訴你們的。」瑪申卡有氣無力地說：「可我現在已沒有那個勁了。只有在家裡，緊鎖著房門，躺在床上，在被子裡，大聲自言自語，講出我想對你們講的所有心裡話……可是，現在，漢嘉，連我的親生女兒也欺侮我!她嫁給一個大夫，年紀大她很多。為了要我女兒服服貼貼，他每年都要她生一個孩子，還要她去教堂唱歌和祈禱。這樣，她就經常上教堂，被那些冠冕堂皇的人弄得兇巴巴的。昨天，她給我來信說，要是我在基督那裡做她的一名姊妹，而不只是她的生母，我的丈夫也不至於死去。可我不是她在基督那裡的一名姊妹，上帝的憤怒便轉移到了全家……好在我在奧爾薩尼公墓還有塊地方……」

旅行社的鮑切克先生，每個星期都用小車運來各種各樣的廢紙，包括過期的海報之類。他神經不健全，總是來得很晚。

「怎麼樣？要現金還是拿彩券？」主任大聲對鮑切克先生說。

可是鮑切克先生大概剛剛辦好旅行社的事，還沒回過神來，就說：「您打電話還沒有付錢！」

一會兒，漢嘉來了。他拿起一片紙在鮑切克先生眼前晃動說：「廢紙！您是在我們這兒……賣廢紙！」

「我知道……」鮑切克先生回答說：「等我走出廢紙站，還要去買香腸。」

大家讓他坐在磅秤旁邊。

漢嘉觀察到瑪申卡一直在沉思，就說：「對鮑切克先生這號人就得慢著性子磨。他要到死了之後才知道自己已經是死人，一個落下來了的星星。至於您那個女兒，就得常為她操心了。」

「她對那些傳教士簡直像著了魔一樣，居然跟一位牧師出去打獵。」瑪申卡苦惱地抱怨說。

「這還算不錯的。我就更糟糕，法官在法庭上說：『您不害臊呀，那麼一把年紀，還有個私生子！您不能注意一下嗎？您多大年紀？』我回答說：『五十三歲。』法官說：『那您該去買念珠禱告了。』我接著說：『法官先生，可別小看我，我可有男子漢的猛勁啊！』法官將小槌往桌子上一敲，說：『憑您那男子漢的猛勁，你每個月必須交付一百五十克朗！』事情就了結啦。」

「漢嘉，您這是在什麼地方發生的事？」

「什麼地方……完全是個偶然。愛情是怎麼弄出孩子來的？」漢嘉說：「我們兩人在拉莫夫卡。您要知道，那也是個廢紙收購站。我們已將門都關上了，我就對肯爾佐太太說：『夫人，假如我們兩副老骨頭坐到一塊兒，您會有什麼感覺？』她馬上面紅耳赤，說：『您是怎麼想的？我可是個正經女人。』當我們一起坐在那有色金屬上面的時候，就……就這麼回事兒了。」

「我給你們運來了廢紙……」這時候，鮑切克先生說。

「好極了，又運東西來了！」漢嘉大聲叫著，讓鮑切克先生抬起袋子。主任寫好收據，將錢交給鮑切克先生，讓他放進口袋裡，讓他把衣服扣好。漢嘉將馬鞭遞到鮑切克先生手裡，拍了他一下，祝他一路順利。鮑切克先生在旅行社將收據和錢交出來的時候，竟無緣無故對上司罵了聲：「雜種！」

魯德尼羅娃太太高高興興走進院子裡，馬上又大聲嚷道：「他媽的匪徒！他們就這樣把我叫到居委會，對我說，我們看門的人可不能像在小破村子裡一樣，說什麼應該提高警覺。」

那位太太從小車上拖下袋子，繼續大聲嚷道：「我馬上指著他們的鼻子說：『你這個辦事員，說什麼廢話？你要知道，我們小破村子裡的人，早就比所有的政黨強多了！』」

「太太，這兒還有別人！」主任提醒她。

「那辦事員怎麼回答的？」漢嘉好奇地問。

「那個小子，廢物一個！他瞎扯到什麼書報上去了。先生，我可再也沒有讓他吭聲！」

「幹得不錯，老媽媽！不過說話請小聲點……」主任有點兒緊張，「結五十公斤的帳嗎？」

「不用了，記到居委會的名下。以後他們把我送去休養，至少我還可以有個盼頭。這也很合算……」魯德尼羅娃太太平靜了些，可是那天早上她又嚷了起來：「真他媽的，他們還提醒我說：『魯德尼羅娃太太，去宣傳一下參加摘啤酒花的義務勞動！』我對他們說：『要我去說服別人，可那人要是在哪兒著涼了，就會來責罵我。我才不幹！還是讓每個人自己作主吧！』」

主任無可奈何地望著天花板。

漢嘉對老太太說：「這是對的。我也這麼幹。我想延長在冶煉廠的義務勞動，把這個想法告訴了頭頭。他十分高興地說：『這是個好主意！你知道嗎，漢嘉，我們要出個快報，說你要延長義務勞動，我們將號召大家像你一樣幹。』他說著，就撥了電話，還說：『高興吧，晚上在快報上就能見到你的名字了。我要讓你上報……』但我回答說：『喂，我有個更好的主意。你打電話，讓他們印快報，上面這麼寫：我，廢紙回收站的主任，倡議其他領導人，跟我一道下到礦井去。』可是我們主任的手從電話盤上縮了回來，並且說我這是出爾反爾，還說等時候到了，他自己會下到礦井去的。接著他祝我在克拉德諾好運，一個月不是掙一千五，而是兩千，吃得飽飽的，樂意在勞動隊幹活。」

「諸位，行行好吧，別像在草原上那樣大喊大叫了。」主任沮喪地說。

「又怎麼樣？」魯德尼羅娃大聲問道：「我們說到哪兒了？機關裡的人就是欣賞我的誠實。有一回，他們對我說：『我，作為居委會的人，就是人民委員會的延長了的手。』我立刻對他們說：『好啊！我是延長了的手，一天天朝臺階下面走；你們的手短，可卻四處揚名。就是這麼回事兒！』」她邊說邊用手摳鼻子。

電話響了，主任跑進辦公室。返回的時候，搖了搖漢嘉說：「你又在哪兒胡亂奉承了，是嗎？什麼十二隻公貓？你會把我們全弄進牢房的！明天，人民委員會將派獸醫和助手到這兒來……還要帶來抓動物的網，說有什麼規定，企業養貓不得超過三隻……你哪兒有十五隻貓呀？」

「我不過是想給我們企業做個廣告，讓我們的名氣更大一點兒。」

「我晚上還睡得著覺嗎……？」主任搖頭說。

魯德尼羅娃擦著額頭上的汗說：「我總想把樓梯收拾得乾淨一點兒，可那些頑皮的孩子在牆上亂塗亂畫。」

她去抓把手，差點兒沒把它弄脫掉。她走到門口，又回過頭來說：「等到利巴市舉行舞會的時候，我請你們去。我老伴跳舞一直跳到死。再見了！」

她轉彎很急，後輪的鏈條差點兒滑脫了。

瑪申卡摸摸自己的腦袋說：「小姑娘，小姑娘，小東西……你在奧爾薩尼公墓還有一塊墓地……」

到下午，漢嘉捆紮完了十大包，盼著到舊書店去。他在廢品堆裡發現幾本書，便裝進了提包，準備拿出去賣，那是他的樂趣。

「瑪申卡，我去市場瞧瞧，看有沒有雉雞。」他說。當主任悄悄地走進辦公室時，漢嘉走過窗口，經過走廊，快步竄到街頭去了。

他走進斯巴萊納街和民族大街交會處的舊書店時受到了熱情的歡迎。

「漢嘉先生，您還好吧？」書店經理問，將面前的一堆書推開，好看到外面。

「謝謝，經理先生，我好像是如魚得水。自從我成為奧地利研究協會會員以後，每個星期天都去科涅普魯斯溶洞工作。你們知道，上新世[8]的地層有多美，多教人高興嗎？舊石器

8 編註：上新世（Pliocene），是地質時代中新近紀的最新的一個世，於距今五百三十萬年開始，距今兩百六十萬年結束。

時代也是這樣。」

「對這些玩意兒我們可是一無所知。」經理環視了一下他的工作人員們說。

「經理先生，把手伸給我吧……好，整整一個星期天，我都在那溶洞裡鑽來鑽去，用放大鏡觀察紋路，記下圖案的尺寸，把材料裝進背包。告訴你們，先生們，當我把資料送到博物館克列伊奇教授那裡的時候，他拿出放大鏡，取下眼鏡，鄭重地說：『漢嘉先生，以科學的名義，我感謝您，祝賀您，這是三葉蟲，編號SP／16！』這時候，我是多麼開心啊！」

「這我們可真不知道。」經理說。

「這是我的一個克服不了的癖好。年輕的時候，我家裡有那麼多挖掘出來的東西，滿屋都是。我用兩大卡車運到博物館去了。」

「您太太答應您那麼做嗎？」

「她操心的是其他的事。她是個運動員，一九一九年在捷克就建立了手球協會，那時候她就已經能在身子下傾時擲球了。報紙上全是關於她的新聞。她經過專業訓練。平時，她是酒店老闆。如果小夥子們喝酒不付錢，她就揪住他們的後腦勺，這一來，那些人就老實了。連那位有名氣的法蘭克．羅斯[9]，要是喝了酒不付錢，女老闆也要摘下他的手錶才讓他離開。當然，我太太熱愛大自然。您看，經理先生，我們三人去郊遊怎麼樣？我回到家裡就對她說：『喂，親愛的夫人，我們有三個人去查理城堡遊玩，妳留在家裡。我跟經理一道去！他很欣賞我，對我特別好……』」

漢嘉親熱地望著經理，使他感到躊躇不安，他說：「可我沒有時間。」

「還是去吧，就這一回。您知道嗎？這對您是很有幫助的，您的名字將首次出現在博物館。在研究上，我可是個工作狂，幾乎將納瓦羅夫城堡全刨了一遍，憲兵不得不將我強行拖走。」

「得了吧！可您給我們帶來了什麼好東西？」經理先生問，因為他想起來該吃午飯了。

「馬上！等我將包打開就是。不過，先生們，你們難以相信，我們遭到了多大的不幸！我們主任住院了，他在霍澤尼打獵，被槍打傷了。有一名政府顧問往獵槍裡裝了二十克霰彈……」

「您皮包裡裝的什麼？」

9 編註：法蘭克．羅斯（Francis Rose），英國植物學家、自然保護主義者、作家、研究員和教師。

「啊！那可是稀世珍寶，高級的東西，要送到拍賣行去，而不是交給這裡。是羊皮裝幀的歌德的書。」

「可是，可是……」經理為難地掰動著手說：「您很清楚，德國的經典作品，我們這兒是數以千計。我不是跟您講過嗎？特舍比茨基、萊伊斯、伊拉塞克、文德爾……」

「沒有關係，這本書我拿回家去讀。您知道嗎？現在我在看守一座橋，那兒常有騎兵侵犯。我回到家裡，煮四個馬鈴薯，外加乾酪，啤酒。一邊吃，一邊讀《浮士德》，還有多那太羅[10]豐富的插圖，夠精采的。他媽的，那小子有時簡直超越了巴洛克藝術……那些小天使畫得精美絕倫，對吧？當然，這要了解羅馬的石棺……」

「可這本上蓋有康米紐斯圖書館的圖章！」經理指著書說。

「那是弄錯了，可以設法用橡皮擦擦掉。書是圖書管理員送給我的，因為我送了查理城堡一本《聖安得烈之歌》。您知道，本來我是可以擔任查理城堡的司令的。」

「為什麼您沒有當上呢？」

「因為我把保證金拿去買酒喝了。是不是請您把多那太羅的插圖收下？我要錢用呀！不過不是我本人，是我一個朋友的妻子在門外等著。那個朋友在欄杆旁打噴嚏，不慎把臉碰傷了，他老婆要給他做大理石蛋糕。要是你們見了，也會同情他的。他用帆布帶托著手，要是在從前，他就得沿街乞討了……請收下吧！」

漢嘉弓下身子，脫帽，卑微地跪下請求說。

「您起來吧！」經理有點侷促不安了，「多那太羅的畫我買下。但《浮士德》一書，您十月二十八日再來試試，行嗎？」

「您能讓我自己打個電話嗎？」

經理將窗臺上的電話推了一下，漢嘉戴上眼鏡。所有舊書店的電話他都記得，他開始撥號碼了。

「哈囉……您是哪一位？科澤爾先生嗎？……我也很高興！啊，是我，漢嘉，奧地利學會會員……是的……我剛從茲布拉斯拉夫[11]開車過來，不……我是在科學院打電話。我有一件會叫你感到驚喜的東西……什麼？……不，不是……我保證……我有門茨爾教授的證明。

10 多那太羅（Donatello），義大利文藝復興時期畫家、雕刻家。
11 茲布拉斯拉夫（Zbraslav），位於布拉格以南的城鎮。

對您來說，我的確有件特殊的東西，維倫諾夫斯基[12]的《真菌學》……對嗎？我馬上就來。」

他掛上電話，俯首看看小桌子。

「小姐，請給我開個證明，就說因為清理圖書館，我幫了忙，您送我一本維倫諾夫斯基所著的《真菌學》，我在這兒簽個名。」

「漢嘉先生，這可不成，您再到斯科熱普書店去問問！」女出納笑著說。

「這倒是個主意。女士，我打個電話可以嗎？」他問，馬上就撥起電話來。

「古切拉先生在嗎？請他接電話。」

他摀著話筒說：「現在您知道我是什麼人了吧，女士？」

「您是古切拉先生嗎？」漢嘉弓著身子問：「您是否還記得，古切拉先生，我們一起代表捷克斯洛伐克隊打過冰球？我是誰？是漢嘉呀！就是打左翼的那個漢嘉呀！您常說，我的打法有點像魯迪．波爾、像比比．托里安一樣機靈……不是，我們剛從梅爾尼克[13]檔案庫來……不，我是在科比利斯[14]打電話，我們的車輪爆了。可是我有一本珍本書，您會高興的。書保存完好，色彩絢麗。一個小時以後我到您那裡，把東西帶去，是些很實用的書……有斯摩特拉赫的《蘑菇與捷克烹調》……還有《蘚苔生長的地方》……要我馬上就去嗎？有的是時間？您不知道嗎，我們廢紙回收站遭了大災，都給火燒了，機器也燒了，我只搶救出我身上帶的東西……好，一小時以後我去您那裡。」

他放下電話。

「怎麼樣，您知道我是什麼人了吧？」他對著出納說。

「是一個會吹牛的……壞蛋。」女出納笑著說，臉都紅了。「我這麼說，您不生氣嗎？」

「可是，女士，一個有教養的人總知道講分寸。」漢嘉從皮包裡取出來一本書，放在出納小姐面前。

「有知識的女士應該知道，米開朗基羅是什麼人。這是羅蘭寫的關於這個人的書……僅賣八克朗。」他說。

---

12 約瑟夫·維倫諾夫斯基（Josef Velenovský），捷克植物學家和古生物學家。

13 梅爾尼克（Mělník），位於布拉格以北的一座古老城市。

14 科比利斯（Kobylisy），布拉格的一個區。

「我給十克朗。」經理把錢放下說：「已是中午，我們關門了。」

在舊書店對面的快餐店裡，漢嘉要了點兒牛肝菌。他走到一個角落，觀賞進來吃東西的人流。他透過櫥窗朝外看。人們首先停下來，注視櫥窗裡陳列的烤雞、烤鵝、肉卷、吉普賽煎肉、夾肉麵包……選定食品之後，舔舔舌頭，吞點兒口水，然後進快餐店排隊等候。他們焦急地望著，相互點頭微笑。當他們站到女店員面前時，又變得格外緊張……漢嘉最注意觀察這一時刻：每個人幾乎都在擔心，不知道能否得到那一塊最好的肉。接著，用犀利的目光盯著磅秤，看會不會上當受騙，摳他幾克的秤……最後，每個人端上自己的一份，找個角落，像個野人一樣，狼吞虎嚥地吃起來……

漢嘉吃完後，摘了一枝文竹放進皮包，有一小段露在外面。當他再度觀察用餐的人們時，看到大夥兒都吃得津津有味。他將杯子送還賣酒的人，對他說：「朋友，您看看那些人吧！我養兔子的時候，有一天忘了餵牠們，到晚上十一點才想起來，趕忙將苜蓿草扔到兔籠裡，小兔們也是這樣爭先恐後地搶著吃……」

漢嘉指著那些朝下伸著的脖子和活動的上下顎。然後走出活動門，連走帶跑地到街上去了。穿過走廊時，他的腳步很響，一進院子便對主任說：「這怎麼不教人生氣呢！市場上連一克蒜也沒有，雉雞我壓根兒就沒見著。」他指著皮包說：「我只買了幾枝文竹，讓精神愉快一點兒。」

主任在院子裡來回走動。漢嘉注意到，他是在搜腸刮肚，尋找所有恐嚇人的字眼。必須馬上去和他聊點兒什麼。

「主任，市場上的人說，有個部門的頭頭去到礦區，護林人員正在為他尋找一頭母鹿和他的小鹿……」

「聽說是母鹿帶著小鹿在閒晃。」主任說。

「是的，後來，那個部門的頭頭開槍打中了母鹿的腦袋……」

「天啊！你們從哪兒聽來的？你是偷偷爬去哪裡聽到的？人家說……那個人將母鹿扔在一個房間裡，不是打中了腦袋。只有豬和你才會被打到腦袋。」

「那就算是在房間裡吧！後來人們還說，那個頭頭割了鹿的後腿就溜走了。」

「你是從哪兒聽來的？」

「那兒的人都這麼說……不過，反正都無所謂。」

「什麼？無所謂？你知道嗎，這是犯罪！把鹿宰殺了就一走了之！」主任罵道：「那個王八蛋！流氓、土匪，偷獵者！」

「那該怎麼辦呢？」漢嘉故意裝出一副傻相問道。

「怎麼辦？那可不是舉行個什麼儀式，感謝一下聖胡伯特就可了事的問題！」

「感謝誰？」

「聖胡伯特，獵人的保護神。對打獵的人來說，他是至高無上的。」

「這樣的鹿怎麼用槍去打呢？我聽說，可以用詛咒的辦法將鹿殺死。」

「什麼？」

「用詛咒的辦法來殺死鹿。人待在樹林空地上窺伺著，等鹿從林子裡跑出來，你就直盯著牠的兩眼一陣叫嚷，也就是詛咒，鹿就會倒在地上，一下子就完蛋。」

「我的天！」主任用手摀著耳朵說：「難道像鹿這種森林的幽靈會這樣？牠難道是頭笨牛？你一碰得樹林響，鹿就會被嚇跑的。只是那可憐的東西在發情期裡，你就是把獵槍放在牠的頭上，牠也不會逃走，因為牠正在狂熱狀態之中。在發情期裡，牠的體重會減輕三分之一……是激情衝動把牠弄成這樣的。後來，牠就躺在泥潭裡叫個不停。」主任滿懷同情地說。

「這種鹿的發情期有多長？」

「難道牠是隻小兔？是鹿在發情啊！這是獵戶的準確說法。這時候不用獵槍，鹿自己也會倒下。據說，鹿沒有眼睛，但是能見到光；沒有血液，但是有顏色。鹿死去之後，被放在花上……獵人脫帽，禱告，感謝聖胡伯特給人們帶來獵物。」主任從頭上取下帽子，雙手合十。

「你看。」主任的口氣緩和了，將漢嘉的手臂挽住。

主任挽著他走到院子中間，接著跪在地上，用手指在骯髒的地上劃了幾下。

「這是什麼？」他問。

「母羊。」漢嘉說，同時盯著瑪申卡。瑪申卡正站在木箱上，一隻手在撫摸著前額。

「這是一隻鹿，一隻死了的鹿！」主任大聲喊著，不過一會兒就平靜了。「給獵人帶路的，可能是礦區的主人，要不就是守林人，那個傢伙折斷兩根樹枝，一根遞給獵人，放到獵刀上；另一根插在子彈穿透的地方……那個地方叫彈孔……」

「對，可要是有好幾個彈孔呢？」

「你說什麼?」主任問,儘管他聽得很清楚。

「我的意思是,假如用霰彈打一隻鹿呢?」

「蠢驢!你怎麼將偷獵者攪和進來了?一個真正的獵手只使用單顆子彈的獵槍。那第二根樹枝插在舔東西的那個玩意兒上……」主任摘下露在漢嘉皮包外面那枝文竹,再次跪到地上,將枝子插到他們剛才談到的那個地方。

「用獵人的話來講,舌頭就是舔東西的玩意兒,對吧?」漢嘉問。

「舔東西的玩意兒,就叫舔東西的玩意兒!」主任大聲說。當漢嘉打開皮包,倒出剩下的文竹時,主任還想更加大聲地叫嚷,可他這時又想起了那十五隻公貓。

這時候,基佐羅娃太太推著小車進了院子。小車用鐵絲捆得很結實,可以一直拉到磅秤旁邊。那兒總是堆滿了東西。但基佐羅娃太太感到高興的是,沒有擋住她的路。

漢嘉對瑪申卡說:「現在我來做個試驗,您看著,主任會怎樣跳進廢紙堆!」

他舉起第一本書,把它翻開,是一本最高法院判決書,可漢嘉為的是讓磅秤附近的人也能聽清,大著嗓門說:「喂,瑪申卡,都是關於鹿的精采照片啊!可全是德文的……怎麼辦?」

主任在磅秤旁邊專心聽著。

「《論林業》……怎麼處理？」漢嘉重複說，當他看到主任在咂舌表示滿意恢復常態時，便使勁將這本書往二十噸重的廢紙堆裡一扔。

「你，你，你，是成心這麼做的吧？」主任大聲說著，跳進了廢紙堆，往書掉進去的那個位置亂摸一通。

「你，你早就知道，我多麼喜愛這些東西，要是有勞比赫拉議會優秀著作就更有意思了！」

「書名是這樣嗎？您怎麼不早說啊？」漢嘉表示驚訝說。

「你，你這個罪犯！」

基佐羅娃太太將小車翻過去，輪子朝上。問道：「漢嘉先生，您能幫我修一下嗎？」

「沒問題，夫人！」漢嘉說，又對著主任喊道：「燒起來了……開始燒著了！」

但他心裡明白：書在往下滑，一直滑至地下室。

下班後，漢嘉照往例去教堂，幫教堂看守劈柴。教堂旁邊有座倉庫，堆著五花八門的不再用的祈禱器皿，如破凳、講壇、壞燭臺和幾十個木雕，談不上是藝術品，是從製作木頭天使和木頭聖徒的工廠弄來的。教堂兩側的祭壇撤銷之後，牧師先生吩咐將損壞的雕像也放進倉庫去。漢嘉說：「您在看什麼？真像有蜜蜂在您這兒飛！」

教堂看守拿了木雕羊到院子裡，指著教堂說：「我們這裡的羊[15]可真煩死人，他們偷院子裡的花，扔得滿祭壇都是，還責備說：『假如你們是上帝的僕人，就應該天天給花澆水，剪花莖，往花盆裡撒鹽。』您要知道，一百二十個小花盆，其中一半是赫利歐斯牌水果罐頭和碎牛肉罐頭盒……。」

「你這麼個心浮氣躁的人，怎麼不結婚呢？假如一個人能有個說知心話的人，假如您半夜能叫醒您的老婆並對她嚷嚷說：『現在我才知道我家裡有了個什麼人啦！』把整個餐具櫃拉得靠近自己，那該有多好！以後你肯定對世界、對親人會有一種更寧靜的看法和心境。」漢嘉這麼解釋了一番，接著又問：「我該先取出哪個天使？」

「都一樣，漢嘉先生。就把背後拖著鐵鏈的那一位取出來吧！」

他們將大天使加百列[16]的雕像磕磕碰碰地搬出來，碰上了正在燒著的木頭劍。又將它放在雕刻的羊上面，兩人都出汗了。

「我們真有點像急救人員……」漢嘉說，同時注視著天使加百列，凝望前方的那對活潑的眼睛。他說：「要是有了小孩，婚姻是令人振奮的。以後，要是警察把您的兒子送來，或者讓您為女兒受欺騙而擔心，那種感覺也不算怎麼壞吧……我把天使的翅膀砍掉吧，可以嗎？」

「行。」

教堂看守望著漢嘉兩斧頭砍掉了天使的翅膀，真是乾淨俐落。砍的時候，那翅膀彷彿在動。漢嘉說：「你們這兒要是能找到刑法法典就好了。我從管風琴上面往下看，一個年輕的女人正在主祭壇下面偷花束。我跑上前去說：『太太，這可真是褻瀆上帝啊！』她卻回答說：『那您就把那些花吃下去吧！』我的天啊！」

漢嘉神魂蕩漾地說：

「有一次，我跟太太歡度了一個美好的假期，我陪她到火車站，她乘車回家了，我一個人留在那裡待了一個星期。我就像一頭從山毛櫸林中走出來的豬，哼哼叫嚷著……那些雕像

15 指教徒。

16 編註：加百列（Gabriel），基督信仰中的一位大天使，被認為是上帝之手。

燒起來，火一定很旺。我也願意試一試，先拿天使的翅膀來引火，再放上它的四肢，連它那伸著的手指也扔進去。」

「這種木柴燒起來的確很旺。」

「我看也是，可我一想到砍天使的腦袋就覺得像屠夫一樣，總覺得那一對藍眼睛總在盯著我，讓我感到有幾分恐怖。天使也有著人的模樣啊！活像某個鬈髮的足球運動員。您知道嗎，將天使砍成半截的時候，我總在想，它該不會出血吧？」

「那是因為您初次幹這個活兒，我當時也有同樣的感覺。可又有什麼辦法呢？博物館不願意要，教堂裡又用不著……注意！」

大天使加百列被砍成兩半了，腿掉在雕刻的羊那一邊，身子掉到了另一邊，頭則落到木屑中去了。

漢嘉注視著雕像的眼睛。

「天哪，這個雕像跟那個和我一起打橄欖球的服務生長得一模一樣。他是馬爾拉塔酒吧的服務生，在布拉格二區，克熱門街上。過去他在卡爾林雜耍隊演過拳擊手。雜耍時，他的藝名叫約翰，平時叫普西比爾。」

「您打過橄欖球？」

「那是我年輕時的一種樂趣……」漢嘉說著，將天使的肢體放在羊的雕像上。「我可算是創建A·C·斯巴達橄欖球隊的見證人。教練是法國領事坎拉斯。他將幾位田徑運動員、屠夫和拳擊手拼湊成第一個球隊。一個隊員名叫杜沙，是維索昌尼來的，布雷特什奈爾，是弗肖維采區的。球呢？是我從拉特先生那兒硬要來的，桿是斯拉維亞隊給的。這個隊希望在布拉格有個對手……您怎麼總這麼悶悶不樂？」

「有人在教堂裡折磨我。今天我碰到一個老頭，坐在長凳上，虔誠地望著祭壇，將拐杖夾在兩腿中間。我從唱詩班站的高臺上一看，您說，他在幹什麼？老東西正往棍子上撒尿。尿從拐杖上流到地板上。我真想將整個教堂掀掉……您繼續往下講呀！」

「球隊裡的幾個屠夫答應認真地打球，訓練的時候總是有很多人。在更衣室裡我們彼此瞅著對方的身體……大家都在想像著如何對付那些英國佬[17]。喏，屠夫們的想像力都很豐富。第一場我們跟布爾諾大學生隊比賽。賽前握手的時候，他們的手都發抖，好像在等著挨

17 橄欖球是英國人發明的，所以他們想像著他們的對手是英國人。

揍一樣。」

鋸雕像的鋸子已經抽了出來，因為加百列天使的頭只掛著一點兒，教堂看守一使勁，那鬈髮的腦袋便鋸了下來。

「開始打球的時候，名叫馬哈奇的屠夫說：『漢嘉，注意他們右側的三號，我討厭那個傢伙，別讓他越過白線！』我們就這樣打了十五分鐘。現在……」

漢嘉四下張望著，然後將砍下的木雕腦袋夾在腋下朝院子裡跑去。

「馬哈奇將球傳給我，我接到球就往前衝。對方一窩蜂衝了過來，我摔倒了。有個人壓在我身上，可我死抱著球不放！」說著，漢嘉摔了一跤，兩手還將那個木雕腦袋抱在胸前。

「小夥子們高喊：『漢嘉，還差兩公尺！』幾個屠夫將那些大學生阻攔住。跑過來的人都壓在我身上……一個傢伙壓在我背上……一直壓到我的胳膊這兒。」

漢嘉很吃力地將木雕的頭推到木棚門口，彷彿倉庫中所有的天使都坐在他的背上。

「前面兩個人坐到地上了……」漢嘉接著說。

他站起來，拍拍身上的塵土。

「但後來，布爾諾隊看清楚了，全力壓了上來。杜沙用拳頭打那頭蠢牛，可是大學生隊技術好，相互傳球，動作像翻跟頭一樣。他們進球了……你在想些什麼？」

「您知道，他們從查理廣場一所監獄裡放了一個人出來。天知道是怎麼回事兒！那個人到我們教堂裡來換衣服，將他穿髒了的衣服扔在椅子上，塞進祭壇裡。還有醉鬼進來，在教堂門後面嘔吐。教長先生寬容地說：『我們是天主教徒，要多多原諒別人。』您知道，教長先生原諒了，可我還得去打掃，當時我正準備上食堂吃飯……好，我們再鋸一個……」

「哪一個？那個有藍色翅膀的？還是那個好像在扔鐵餅的？」

「鋸那個像在跳搖擺舞的吧！您知道，漢嘉，在教堂裡，唯一讓人喜歡的只有那些談情說愛的人。他們在大柱旁邊接吻，這對於天堂來說肯定也是件愜意的事兒。我要是碰上了在講經堂下面扯吊帶襪的年輕姑娘那就糟糕了，她肯定會罵我：『你這個畜生，不會把身子轉過去嗎？』告訴您，漢嘉，如果是上帝，一定得有健全的神經才行……」教堂看守小聲說。兩人繼續鋸那個跳搖擺舞似的天使。他接著說：「教堂裡的那些畫也沒法叫我開心：血淋淋的身子，我都看膩了。捅在人體上的長矛短劍，向後翻的眼睛，我也看夠了，生活中難道沒有更教人高興一些的事嗎？」

「我也這麼覺得，」漢嘉將一隻羊雕刻放在胸前說。「所以，我在你們教堂裡，最喜歡的是那位聖普羅斯貝，他是一位羅馬百夫長，一位特別惹人愛的小夥子。一眼就能看得出來他是個運動員。從他的骨骼也可以看出。他躺著的那姿勢多麼風流！身上繫著條帶，披著頭巾，活像一條蠶……只是像在炎熱的夏天裡打瞌睡。」

「大概只有您這麼說。但我明白，為什麼多數人朝柵窗裡看他。母親把小男孩抱起來說：『貝比克，你看到了嗎？』人們想了解點裡面的趣聞，像看蠟像陳列館。我為他們祝福，不過我對這個已不感興趣。您說說看，要是您的爸爸或者爺爺死了，您也會將他的像擺到櫥窗裡嗎？要是按我的想法，我就會將普羅斯帕爾埋掉，託他的福，地裡還會長出有用的東西來。」

他們將飄動頭巾和擺動小腿的那半截天使放在羊的雕像上。

「它好像在游自由式。」漢嘉說。

「有點像。您知道嗎？我到處在尋找自己，哪怕找到一點點也好。我更像灰姑娘或小僕人之類的人。從小到現在，我只對地理課裡幾個大洋中的小島感興趣。那是遠離航道的小島。但只要有人、動物和植物就成。你們主任告訴我，他有個朋友，是政府的顧問，每年休假本來可以到世界的各個角落去的，可他總是去一個固定的地方。三十年了，他只去黑爾戈蘭島[18]。據那位老先生說：『應該去看看！那是個很小的島，上面住著一個農夫，他的妻子和十八頭花奶牛，然後就只有我、靑石楠、沙粒、大海和天空。』人還需要什麼呢？」教堂看守又在幻想了。「我也喜歡星星，什麼參宿四、畢宿五，最好是沒有取名的星……像我一樣。這我就好理解，也不會那麼孤獨了。特別是現在，教堂的婚禮少了，洗禮少了，當然錢也少了。這樣一來，我每星期不得不下兩次礦井，到克拉德諾，上一次班掙四十八個克朗。」

「天哪，到那鬧哄哄的克拉德諾？中歐杯橄欖球賽之前，我們在那兒打熱身賽。他們用英語歡迎我們。工作人員在辦公室對我們說，希望我們比賽時拚命地打，因此我使勁衝，使勁壓。有位姑娘，大夥兒叫她芭拉布爾小姐，她說：『小夥子們，下半場球，你們是專門為我打的，病房裡如今一個人也沒有，可你們要是不認真打，就別想健健康康地回去。我給你們準備了訂金……瓦茨拉夫，給運動員先生們拿十五瓶葡萄酒來！』接著她又掏出五百克朗給酒館服務員說：『你們要是打出英國風格來，還可以從瓦茨拉夫這裡得到這一點兒小意思，外加十五瓶酒在路上喝。』我們於是拚著命地打了一場。芭拉布爾小姐站在椅子上大聲

18 黑爾戈蘭島（Heligoland），位於北海的小型群島，隸屬於德國。

喊叫：『加油，加油！好啊！』我們打得昏天黑地，泥土橫飛。該去換衣服的運動員站在看臺上大喊一聲：『不好啦！』從城裡趕來的第一批人到了！運動場上出了什麼事？城市和運動場上的人亂成一團，已分不清哪兒是城裡來的人，哪兒是運動場的人了。」

漢嘉舉起一個天使雕刻說：「我把他的踝骨砍斷可以嗎？」

「隨你的便。」

「那好……比賽結束，現場工作人員不得不把我們保護起來。不少人向我們吐口水，想狠狠揍我們一頓。您注意到沒有？在運動中，最丟人的事件往往都是觀眾做出來的。警察說：『小夥子們，你們應該到我們這兒來過守護神節。就在這個星期天，謝謝你們！克拉德諾有兩個屠宰場，市內一個，這兒一個。』俱樂部的醫生把藥全用光了。我們已把那十五瓶酒擺成一圈。老兄，你別這麼愁眉苦臉的，就像要娶老婆似的。」

「我是為我自己難受。人究竟是什麼？在礦井裡，工頭領著我們在木板上走，木板搖搖晃晃。我們像沒有出師的徒弟，邊走邊說說笑笑。昨天，一個人的手電筒滑掉了，一直往下墜呀，墜呀，掉進了深坑。您知道，往回走的時候，我就只好在木板上爬行了。有些人小心翼翼地走著，一聲也不敢吭。只有工頭笑著說：『我們不清醒的時候是礦工；等到我們清醒了，就倒楣了。』」

教堂看守的臉陰沉沉的。

「我們再鋸一個就夠了。您有時間嗎？」

「有，」漢嘉點點頭。「可是鋸哪一位天使呢？」

「那一位，他好像得了……」教堂看守輕輕地說著，又住口了。

「我信多神教。」漢嘉說。

主任洗完澡，關上廢紙回收站的門，徑直朝教堂走去。在陰冷幽暗的教堂裡，他踏著棕色地毯，莊重地走向祭壇。

他跪下來，醞釀情緒，準備禱告。教堂看守拍了一下他的肩膀。

「對不起，打擾您了吧？」他問。

「沒有。可是您不到我們院子去看看？」主任抬起頭問道。

「我要去的。可現在我想給您看件東西，問您一點兒事。」

「請吧！」

「冷不冷？我們到聖器室去吧！」教堂看守說著，用膝蓋將門頂開。「您看，過去我常對您講，在這兒，夏天也像冬天一樣冷，您不相信。就是現在，我襯衣裡也塞著報紙。」他說著，拍了拍身上，報紙沙沙地響。

「您只要去我們院子裡，要什麼報紙隨便挑好了。」

「我一定去。但您再往前走一走。」

主任打量了一下聖器室。有個角落裡豎著一尊雕像，襯衣敞著，他的一隻手指向鮮紅的心。緊挨著這座雕像的是一個供教堂照明的配電瓶，上面全是保險絲和開關，像工廠裡一樣。

「這兒掛的是什麼，我可以看一下嗎？」

「當然可以。」教堂看守說：「那是一位自行車賽手的照片。教長先生說，這照片使他力量倍增。」

「這玩意兒可以掛在教堂裡嗎？」

「我們教長說，就該掛在教堂裡。那人多次獲得環法自行車賽冠軍，名叫吉諾·巴托利，是僧侶團的弟兄，法蘭西教派的成員。」

「可要是主教大人來視察怎麼辦？」

教堂看守打了個哈欠，走過聖器室，在小窗下看一份剪報。

「這兒是……神父和吉諾．巴托利進行友好談話的地方。」

「現在我明白了。進入上帝王國的，也要身強力壯，也就是說，運動員。此外，已經死去的教宗，就是一位出色的運動員，大主教列支敦士登又是一位好射擊手……不過教長不會到這兒來吧？」

「不會，」教堂看守攏手說：「他外出打籃球去了，是騎摩托車去的。」

他打開抽屜，取出照片。

「這位叫理查茲，撐竿跳達到四．六九公尺。」

「教長沒將他的像也掛上？」

「不能掛。理查茲是新教牧師，人們稱他為飛人教會代表。他是第一個試圖靠自己的雙臂接近天國的神甫。可他是新教教徒，這讓我們教長十分傷心。還叫他感到難過的是，赫爾德這位標槍世界紀錄創造者是在祓除儀式之後的第二天打破紀錄的，而這個破除儀式卻是在新教牧師那兒舉行的。這一張照片是文茲，他在舉重之前還讀《聖經》。這些世界冠軍沒有一個是僧侶，也不見一個天主教神父，這讓我們教長格外傷心。今天他打籃球去了，還帶著趣幾個籃球運動員的照片。有幾個來自哈林區[19]的瘋狂黑人，他們在甘多爾沃別墅，當著教宗的面打了一場比賽。為了這事，我們教長可操心哪！差點兒沒在講臺上大喊大叫說，要是耶穌再次降世，肯定也會跳撐竿跳或者打籃球……您是獵手吧？請告訴我這是什麼？」

教堂看守從櫃子裡取出一本相冊扔到桌子上，說：「這是什麼羽毛？」主任拿起僧袍，端詳了一會兒，有幾分驚訝地說：「這是孔雀羽毛呀，上面的血跡也是孔雀流出來的。因為有些孔雀毛上就有血痕。」

「這我倒想知道，」教堂看守笑著說：「為什麼教長對一切都感到傷心難過，唯獨對他們在教堂裡吃孔雀肉不感到難過，而且連一小塊都不給我嘗一嘗。」

「他在什麼地方把牠打下來的？」

「什麼地方？耶塞尼克山區[20]附近吧！教長的朋友死了，他騎著摩托車去安葬他。可打獵必須得到許可才行。您知道，我們教長有點風流，他連僧袍也要縫得正合尺寸。所以他三天之後才回來。我一眼就看出，他袖子裡塞得有東西。大概是相冊裡裹著隻孔雀吧？可一點兒也不讓我嘗一嘗。」

「那確實值得您遺憾一番。孔雀肉可是特別好吃！牠只吃嫩苗幼芽……您知道，打獵有多開心啊！不過您想接近孔雀不知道要費多大的勁呢！」主任說：「很遠你就聽到牠的叫聲……一下一下……所謂的『數數兒』，叫得很快，大概是這樣的！」

主任從大衣口袋取出鉛筆，用力在木箱上敲。

「在牠這種所謂『數數』的時候，您一步一步地接近牠。如果牠不叫了，您也得紋絲不動。」主任朝前走了幾步，停在聖器室中間，然後將手指輕輕放在嘴上。

「噓……您必須等待那種好像咬核桃的聲音，就像您開瓶塞的聲音一樣，大概是這樣的！」主任把食指塞進嘴裡，表情嚴肅，接著，迅速地將手指拔出，發出聲響。

「就是這樣！但您還是一下也別動。」

「要不然牠會飛走，是吧？」

主任點點頭，彷彿他一開口，就真有孔雀要飛走似的。他朝上看了看，站在一根松樹枝上的雄孔雀正在向蹲在下面灌木叢中的雌孔雀求愛。

「天快亮了……您可以看到這羽毛豐滿的鳥中之王在空中飛翔，牠的頭部已是充了血一

19 編註：哈林區（Harlem），位於美國紐約市曼哈頓。

20 耶塞尼克山區（Hrubý Jeseník），位於捷克東北部。

樣的鮮紅，羽毛張開，不停地發出窸窣的響聲……」主任用奇怪的聲音低聲說，然後掉轉頭來，發出雄鳥發情求雌的鳴叫聲，兩個手掌在膝蓋上不停地摩擦著。

「這就是所謂的擦摩。這以後鳥兒便什麼也聽不見了，您可以徑直走到樹底下。」

他往前跳躍了兩步。教堂看守看到，他舉起了槍——實際上他沒有槍——瞄準那哥德式花葉圓飾拱頂，扣扳機。教堂看守彷彿看到：一隻可愛的鳥兒受了致命的傷，從上面的樹枝掉到了下面的樹枝上，一直掉到布滿露水的針葉上。

他們站在那兒沉默了片刻。

主任第一個大聲叫嚷起來：

「這些獵手，打孔雀就像打雉雞一樣，在光天化日之下，簡直是犯罪！」

「噓！噓……我們是在教堂裡！」教堂看守說。隨後他慢慢收起相冊，將它和圖片一起裝進抽屜裡，用肚子一頂，關上了。「唉……我失去了許多東西，真可惜……」他若有所思地說。

「您明白就好了！」主任高興了。

「我們該走了。」教堂看守咳嗽起來，又用手摀著胸膛，身上的報紙沙沙地響。他們走進陰暗的正堂。地毯的盡頭是大門，外面已經是白晝，紅色的電車已在行駛。

「從街上看教堂，好看；從教堂望向街道，也好看……」教堂看守說：「但您注意一下聖壇燈。」

「什麼？」

「聖壇燈。」教堂看守重複說。

「啊……聖壇燈！好像是有光在閃亮……」

「要是真有閃光，那可太妙了……」教堂看守笑著說：「它根本就不亮，不亮！但教長先生現在操心的是小教堂的事，想在它周圍安裝霓虹燈。知道嗎？霓虹燈！但聖壇燈不亮了……教長先生急急忙忙到薩札瓦河看水去了……聖壇燈已經一個星期不亮。副教長騎摩托車上摩德尚尼打籃球去了，還要去野營地彈吉他，演奏、唱歌：『上海，那遙遠的地方……我的輪船就要啓航……』所以，聖壇燈亮不亮，對他毫無妨礙。可我一個人在這兒，孤零零的……沒有聖壇燈。」教堂看守拍拍上衣說：「主任，您聽我說，您和我們的副教長，兩人共有一條獵犬，是真的嗎？」

「這種廢話只有我們漢嘉才能胡說得出來。」

「對，是他告訴我的，說那條獵犬名叫圖賓根，你們下午還得牽著那條狗去看獸醫，因為狗的耳朵裡有一隻壁蝨。」

「我那小子是想要我蹲監獄啊！」

「小聲點！我們這是在教堂裡。」

「是他瞎編的，他可會吹牛了！我的朋友們來看望我……漢嘉竟然對他們胡說我發瘋了。」他們邊說邊走到了教堂前面。

「我發瘋了……我晚上還想睡好覺呢……」主任氣憤地說。

「可您還得到我們院裡去取報紙吧？」他好心地說，向查理廣場走去。

一九四七年洗禮

他坐在縣道邊上的小溝裡。夕陽西下，星星還沒出來。他坐在溝裡望著汽車和摩托車在國道上行駛。一輛小汽車開了燈，迎面開來的車也開了燈。國道上的黃昏就這樣降臨了。所有的車輛都在它前面的柏油路上羞怯地向下灑著微弱的光。第一輛車換成了遠光燈，光芒射到林蔭道兩旁的樹上，彷彿噴了一層石灰，國道上的黃昏就這樣降臨了。

他看到一輛大轎車開著燈駛過來，停下，一會兒又帶著紅寶石般的尾燈離去。他看到，那是他要乘坐的公共汽車，去一座小鎮，他在那裡已預訂了過夜的房間。可是他依然待在縣道邊的小溝裡，凝望著田野間的幹道。車燈彼此交叉，閃著紅色的光芒，相互有禮貌地打燈光問好。尾燈的距離，漸漸地遠了。

他身後是密集的樹林。林區的邊緣豎著獵人小屋的院牆，從小屋裡出來一盞綠色燈罩的小燈，節奏均勻地來回移動，但是看不見持燈的人。不一會兒，樹叢將燈光遮住了。

「是誰在茫茫林海旁的小屋手持煤油燈呢？」他想。國道上投射過來兩盞聚光燈，使他感到刺眼。剎車的聲音，軋軋地響著。

「您想搭一段車嗎？」一個聲音親切地問。

「是的。」他回答說，手撐著溝沿，跳上公路，弓身進到車裡，坐到司機旁邊。

「您上哪兒去？」司機問。

「到您去的地方去。」

「這麼說，我們走的是同一條路囉？」司機笑著說，將車門的玻璃放下，手掌對著涼風，感到分外爽快，因為有股晚風從他手指縫中吹了進來。他滿意地說：「這有點兒像我媽媽的佐料櫃的味道。」

「這兒是橡樹林？」

「是山毛櫸樹……」

「可惜，我的幸運牌是橡實九，死鳥一隻。」上車的同路人說。

「您聽見沒有？」司機說，「那是春達普[1]牌的車，跑得多好啊，聽到了嗎？像BMW的摩托車！」

摩托車轟轟駛來，一晃就過去了。閃亮的燈光，臥式汽缸。「那是春達普牌車。」他得意地說。

1　編註：春達普（Zündapp），德國摩托車廠，位於紐倫堡。

「您是做什麼工作的？」司機問。

「殯葬業的。」

「是嗎？」

「是的。您愛您的媽媽嗎？愛您的爸爸嗎？那就為他們預定一場在阿里馬特舉辦的氣派葬禮吧！」他又用另一種音調說：「我是阿里馬特公司的代表。」

「真的嗎？」司機十分驚異，緊緊握著方向盤。

公路遠處，一隻野兔蹦蹦跳跳。當車燈照著牠時，牠瞪著兩眼，有點發愣了。司機加大油門，野兔從燈光的魔力下逃走，跳進溝裡去了。牠那潔白的毛，淹沒在安全的黑暗之中。

「他媽的！」司機鬆了勁。

同路人說：「葬禮可以辦得很像樣。碟盤上擺滿煎好的洋蔥、大蒜、鹹肉、月桂葉、幾粒胡椒，還有些佐料。」

「外加幾個豆蔻，」司機補充說。「不過我不大相信您。知道為什麼嗎？我用車載您走，您卻提出用辦葬禮來答謝我！」

「我說話是算數的，」推銷葬禮的人說。「請問，什麼人算死人？」

「死人嘛，就是在我們之前離開這世界的人。」司機笑著說。

「好極了！誰不想要個體面的葬禮呢？」

「我可是雙倍的不贊成！」

「那隨您便。不過每個人都希望在他死去十年之後，還有人談起他的葬禮如何如何，您也不會例外。人們總說：『今天的葬禮，像個什麼樣子！十年前的葬禮那才叫排場！』我細看您的樣子，倒是適合用七號埃及石棺那一類型的棺材。您知道，價錢並不貴。能夠這樣，將死的人心裡也會舒坦一些。」

壕溝裡走出一隻雉雞，很美麗，羽毛豐滿，寶石般的眼睛，對著聚光燈，很奇怪地踮著一隻腳，著迷似的盯著那不可抗拒的燈光。

司機將玻璃窗放下來，接著又關上了。可雉雞已經飛起。色彩斑黑的羽毛被聚光燈照射著，有力的翅膀在玻璃窗邊揚動，牠的兩條腿平行伸開，朝上飛往暗淡的天空。

「他媽的！」司機狠狠地罵了一聲。

「牠得救了，」同路人鬆了一口氣說：「牠從鐵皮式小棺材前飛走了，遠離了牠那自然的終結，帶著您獻給小兔的那種敬意飛走了。可是醃雉雞，加點香料，好吃得很啊！」說著還舉起了一根指頭。

司機滿臉的不高興，一聲不吭。

後面有兩盞車燈在強烈地照射著，還停停亮亮，表示要超車。

「超吧，超吧。」司機朝耀眼的光亮中揮手，將車讓到路邊說：「那是一輛福特，運送牛奶的！」

銀色的牛奶罐車在旁邊一晃，迅速朝遠處開走了。

「它跑九十公里啊！」司機稱讚說，大聲笑著：「有一回，在國道拐彎的地方，一個農民牽著一頭牛從地裡走過來，也是一輛這樣的福特車，在拐彎的地方打滑了。牛奶箱倒下來，撞到農民身上，還碰倒了一棵樹，農民和奶牛就像被奶水浸著一樣！」當他等著那想像中氾濫的牛奶消退時，他說：「您說我的葬禮要怎麼舉辦？」

「靈堂掛滿黑紗，您棺材前面擺上嵌有寶石的十字架，點三十六根三百克的蠟燭。您還想讓拖靈車的馬身上也插幾根長長的羽毛嗎？這種羽毛得另加五克朗。還有……」

「夠了。我相信您，當然是根據您說的話……您在做這行以前，是做什麼的？」

「守教堂的。」

「是嗎？」司機舉起雙手，在方向盤上猛擊一下，「這對我來說，可算是杯濃咖啡！在教堂工作以前，您是做什麼的？」

「職業賭徒。我像在上帝那兒一樣，長期得到上帝的祝福。直到有一回，我上教堂，問他們在做什麼。當我看到神父在做彌撒時，我便對自己說：『這個職業你可以做。於是我就成了教堂看守。現在我還想去重操舊業！』」

樹林中跑出一隻小鹿，跳過壕溝，穿越公路。牠轉身，看到了車燈。司機加大油門，全速行駛。

同路人喊道：「穩一點，別讓我的額頭撞到玻璃！」

小鹿越跑越近，身體顯得越來越大，幾乎快挨近車燈了。司機緊握著方向盤，用保險桿一撞，將小鹿沿拋物線甩到了溝裡。隨後他全身向後窗挪動，車停了下來。從車燈下看到，過熱的發動機，冒出了藍色的煙霧。

一陣沉默。

司機跳下車，從後門的袋子裡取出一把獵刀，將燈交給同路人，吩咐說：「照著！」他四周看了看，公路兩個方向沒有一個人影，只有片片黃葉飄飄落下。

鹿躺在溝裡，蹄子在落葉中亂蹬，踢著那黑色的泥土。當牠發現有人，又被燈一照，就想帶著受傷的身軀逃走。牠翻滾了幾次，痛苦地發出哀淒的叫聲。但過了一會兒便不再動彈了。牠睜大著雙眼，黑色的鼻孔流著鮮血。

司機又前後望了望，一個人也沒有。他思忖了片刻，一個箭步撲向那隻動物，將牠壓在地上。但鹿還有一點力氣，居然把一個沉重的人托了起來，極力搖晃他。司機將鹿壓在落葉上，鹿舔了他的頭髮幾次，彷彿在請求他的憐憫。司機抽手操起亮晃晃的獵刀，從鹿的肋骨直直刺向心臟……這時，鹿癱了下來，一動不動直至完全垂下。牠全身僵直，從眼眶淌下了淚水，如同一顆顆珍珠……

司機蹲下，又站起身來，折斷一根松樹枝，剝了皮，將尖的一頭插進鹿嘴，另一端插進牠腰部的傷口。

「現在要快！」他喊道。快步跑向汽車，拿出後座上的墊毯，鋪開，將鹿抱起來輕輕裹在毯子裡，像裹一個熟睡的孩子，又將墊毯打個結，提上汽車，放在後座位上。

當他坐到方向盤後面時，想了一下，又跑到溝裡，用皮鞋將地面上的搏鬥痕跡踩平，兩手將樹葉推到上面蓋著。

他發動車的時候說：「您可能難以相信，牠那小蹄子踢我的時候，就像一把鋒利的尖刀在刺我的衣服一樣。」

「可憐的小動物。」推銷葬禮的人說。

樹林上空，掛著一輪黃銅色的月亮。

司機無比興奮，用說話來掩飾自己：「人簡直難以置信，如今大夥兒為什麼而折騰！我們城裡一夥年輕人深夜偷偷潛入教堂，打開主祭壇的燈，自己做起彌撒來！一個小子唱道：『上帝呀，讓我們跳爵士舞吧！』其他人合著唱：『主啊，讓我們跳吧！』那些人就是如此這般地做彌撒！他們撬開櫃子，穿起僧袍和禮服，還想用大管風琴演奏爵士樂。可他們按的不是管風琴的按鈕，而是電子鐘。大鐘馬上響了起來……人們紛紛往那兒跑去，發現教堂的燈亮著……他們從鑰匙孔朝裡瞧，只見穿僧袍的年輕人在那兒跑來跑去蹦蹦跳跳……大家撬開教堂大門，可年輕人都從旁門溜之大吉了。第二天中午，教堂看守還在郊區河邊的柳樹下撿到了僧袍。」

司機說著，笑了。他一隻手掌握方向盤，一隻手伸向墊毯包著的小鹿。「牠完蛋了。」他滿意地說，又補充道：「當我把小鹿放到那上面十五分鐘以後，皮座墊和彈簧由於鹿的掙扎，還在動彈……您拿那些年輕人有什麼辦法？他們想要的東西得不到，就自己動手了……上帝呀，讓他們跳跳爵士舞吧，不可以嗎？」

他們的車開出森林。月光照耀著起伏不平的原野。汽車接近一座大村莊。第一盞路燈下，兩個青年靠著自行車，站在那裡抽菸說笑。有一個在木桶上熄掉菸，另一個的手在帽沿旁晃了一下，擦火柴。農民的住宅傳來鐵鏈的叮噹聲和奶牛的叫聲。

「我快到家了。」司機說：「您要是樂意，可在小旅舍過夜，那兒準有房間。」他將車停在一座兩層樓的建築旁邊。樓上窗口亮著，裡面傳出老留聲機的聲音。

他們下了車。司機小心翼翼地鎖上車門。

「我身上有血跡嗎？」他問。

「我看一下。」推薦葬禮的人說。他在小街的路燈下，仔細地查看了那副尊容。「這裡有一點。」

說著，他掏出手帕，蘸了點口水，擦掉了那還未乾的血跡。司機低聲說：「我這偷獵行為也許是上天賜的……主啊，求你用牛膝草潔淨我，我就乾淨；求你洗滌我，我就比雪更白[2]。」

「也與你的心靈同在。」同路人用拉丁文回答。

兩層樓上的窗戶打開了。一位穿黑衣、繫白圍裙的婦女俯身望著汽車，看到了司機。她張開雙手，以愉快的聲音朝屋子裡喊道：「牧師先生已經來了，洗禮可以開始啦！」

2 編註：《詩篇》51：7

碧樹酒吧

自從十三路電車改道，不再經過碧樹酒吧前的拐彎角處，自從窗口一直到灌啤酒的龍頭這一片被拆除以來，許多顧客都不到這兒來了。但這對於酒店老闆赫魯麥茨基先生並無妨礙。他最開心的事，就是大清早醒來，先灌一杯啤酒。今天清晨，他給自己灌了一杯又一杯。然後站在玻璃門邊，閱讀一份訃告。它上面寫道：「茲敬告諸位至親好友，我，尤麗亞・卡達娃，專業教師，於六十七歲時逝世，訂於一九六一年九月十六日十五時在加伯利采公墓舉行葬禮。」日期是用鉛筆填寫的，簽名者為死者本人：尤麗亞・卡達娃，專業教師。

赫魯麥茨基先生看畢訃告，搖搖頭，回到灌啤酒的龍頭旁，兩手往上一擱，又灌滿一杯，一飲而盡，馬上將杯子放到盆裡清洗。

天色漸漸暗下來。老闆還沒有開燈。

兩位顧客靠牆根坐著，靠近通往地下室的門。這是以防再次發生十三路電車闖進酒店的事。

他們有說有笑。

「進帕索夫酒店要上幾級臺階？」一位顧客問道。

「七級。」另一位顧客說：「到卡倫德酒店要上幾級臺階？」

「卡倫德……是指哪一家卡倫德？我們科學院附近有家卡倫德，河邊也有一家。」

「我的天，科學院那兒的卡倫德早沒了，唯一剩下客運碼頭對面那家卡倫德，不對嗎？」

「對。等一等，有一、二、三、四、五……」這時一位顧客從臺階走進酒店：「總共有七級，下去也一樣。但是，上泉水酒吧有幾級臺階？」

「一級就到了……去紅心酒吧呢……」顧客們依舊談笑風生。老闆又走到門口。從十字街開來一輛十四路電車，燈光像飯店一樣亮，筆直朝碧樹酒吧開過來，把酒店照得通明。可是電車在最後一刻來了個九十度大拐彎，然後嘎嘎地開走了，沒有撞上酒吧。三節車廂，就像燃著燈的魚缸一樣映照著酒吧……

赫魯麥茨基先生的姊夫走在附近人行道上。老闆打開門，高興地問：

「老兄，你在這兒幹什麼？你是咬斷了鍊子，從你們巴奇科夫街溜到城裡來的吧？」

「你這大胖子，不去我們那兒看看嗎？瑪什卡已經不知你長成什麼樣子了！」他姊夫說著，坐了下來。

「我還沒去，」老闆一邊灌啤酒一邊說道，「可我會去的。我要買輛摩托車。」

「就你？」姊夫站起身來，拍拍老闆的肚皮，「這麼厚的大肚皮還騎車？」

「對！」老闆說，一口氣灌下一杯啤酒，格外有味。他馬上用水沖洗了一下杯子，「你知道，我是該練練身體了，我虛得像影子一樣。」

「我知道，按馬戲團的要求，你是虛弱了點兒。」姊夫說：「可是，弗朗齊歇克，你還是不要買車吧，我碰到過好幾次事故了。我搭十三路車，在肖勒爾街，看到一個像你一樣的瘋子，身旁擺著他的小摩托車，被壓得個稀巴爛，地上還攤著電線，臉上蓋著一張早報。警察用粉筆在他周圍畫了個圈。別買車，別買，聽兄弟一句，不要買吧！」

「可是，帶拖車的摩托車比自行車總大一點吧……」

「正是這種狗屁一樣的東西才壞事！在弗拉霍夫卡街，三路車向上拐彎的地方，一個胖女人就是騎這種摩托車，被夾在十三路和三路車中間。人們拔出了好多東西，包括菜籃子。但我沒有到現場久看，不論這世界上有什麼稀罕物，我也不會去看那個熱鬧。只要有一點點刺耳的叫聲，我就受不了。我站在岔道附近，抽著菸等檢驗人員到來。我瞧瞧那翻車的地方，電車軌道槽裡還淌著牛奶和鮮紅的血。」

「那我還是買輛小汽車，不行嗎？」老闆有點生氣了，走開去敲敲門上的玻璃，看到十字街口開過來的十路車，差點兒蹭到牆上的綠漆，但它好像猶豫了一下，轉個彎開過去了。綠色的車燈，照亮了整個糊有壁紙的牆……緊跟著，開來了十二路車。十路車的女乘務員站在最後一節車廂的踏板上，用手指在空中劃了個問號。十二路車司機無精打采地舉起一隻手，用三個指頭回答，示意：「回廠之前，還得跑三趟。」女乘務員憂鬱地點點頭，似乎在對十二路車司機表示同情。隨後她笑了，伸出一個指頭，滿意地閉上眼睛，用手指劃了個破折號、一長道，意思是：「我再跑一趟就可打道回家囉。」想到這一點，她感到很愜意。

姊夫開口說話了：

「有些事故，我可以說到半夜。汽車儘管有四個輪子，也不是好東西。在傑諾克日什街，一輛小轎車開到了五路車和十二路車之間，被壓得像張報紙。車上是兩個女人！女司機想露一手，結果嗚呼哀哉上了天堂。一個進這口棺材，一個進那口棺材，兩人倒挨得很近。要汽車做什麼！」

「這麼說，我只好走路囉！」

「步行很好，但腦子要清醒！」他姊夫搖搖頭說：「弗朗齊歇克，簡直讓人不可思議，有多少人竟往電車底下鑽，而且是在平坦的地方！有這樣一個人，他站在柵欄邊上東張西望，看到一輛電車開過來，彷彿自言自語說：『就是這輛車。』接著就往車底下鑽。在斯洛文茨基街上的菩提酒吧附近，檢查員跟在一個從地上撿車票的人後面，自己竟然鑽到九路電車底下去了。如果當場被壓死了倒也乾脆俐落，要是沒有壓死豈不糟糕！車子倒來倒去，那個人會被輾得一塌糊塗。有的人會求饒可憐可憐：『別壓我吧……』有什麼用？如今在布拉格步行也得冒風險呀！」

「那些從地上撿車票的是些什麼人？」老闆問。又喝了一杯啤酒，從門口往街上看。還拍了拍尤麗亞．卡達娃那張宣布自己死亡，而同時又邀請人們出席葬禮的訃告。

「那撿票的是些布拉格人，大都是領養老金的。」那姊夫說：「他們在換車的站臺撿別人扔下的票，拿著瞧瞧，又用它再去乘車。這真是項可怕的運動。有家醫院的主治大夫也喜歡這麼做。」

「啊，」老闆說，「先生們，不打擾你們嗎？」他問兩位正在大喊大叫、爭吵不休的顧客。他們爭論的問題是：上瓦爾達酒吧要登幾級臺階。

「你們起來，走去那兒看看不就行了嗎？」老闆說。

「這主意不賴。」一位顧客說著拿起帽子。兩人將手插進口袋，出門往十字街方向走去。

「四級臺階。」那姊夫說。

「你知道，我想要買輛摩托車，不過是為了郊遊，」老闆說：「有時我感到呼吸不順暢。」

「我知道，這我了解。你擔心個不停，和你姊姊瑪什卡的個性一樣。你收拾一下東西，去吧！有的人把車騎進赫墨爾的灌木林，我一點兒也不感到奇怪。布洛夫卡鎮的公務員還說：『從前過聖誕節，大家捎鯉魚回去，過復活節便推小羊羔回去，而這個聖誕節，我們的木板上卻躺著十七位摩托車手，手腳受點傷的還不算！』老弟，在布洛夫卡鎮，有個摩托車運動俱樂部，人們都叫它技術指導站。啊，是的，我從前騎車的時候，總在白山一帶的黑麥田裡打轉……」

「等一等，你只是曾經開過車……我以為你現在還在開車！」

「我早就不開了。」

「怎麼回事？」

「一個女人，害得我出了事故。」

「你和女人?要是我啊，可就……」

「女人。我駕駛六路車時，在斯特羅莫夫卡終點站，將控制器撥在一，注意看著。電車在樹幹中穿來穿去，自動轉彎，沒出什麼事……於是我搞了個違反規章的措施，讓電車放慢速度，我去車站附近喝杯咖啡。喝完回來時，我跳上自動開來的電車，拉了制動閘……」

「那個女人呢?」

「她是位乘務員，打扮得有幾分姿色。上駕訓班學習時，一再請求：『科諾巴塞克先生，把車借給我用用，我會自己開!』她的口紅抹得正合我意，我就答應了。我在車站附近喝咖啡，瞧著門外，直到那女乘務員將塗滿口紅的嘴脣這麼翹著對我說：『科諾巴塞克先生，我來了!』不過這沒有什麼。我走出去看了看，附近一片漆黑。我轉了一圈，又回到車站附近酒店，心裡直嘀咕。我自言自語：『還是去問問調度吧。』我去了，發現布拉格的早晨從來沒有這麼美。而我那位女乘務員坐在馬什切克酒店第二級臺階上，腦袋伏在膝蓋上，正在哭泣，眼淚像瀑布般往下淌。我問：『茲登卡，出了什麼事?』她一下跪在地上，雙手合掌求饒說：『科諾巴塞克先生，原諒我吧!』我一下子明白了，在第二級臺階也摔了一跤。我於是說：『茲登卡，您車已開動，可是滑輪鬆掉了，您沒有拉閘就開走了。上了滑輪之後，電車當然就開動了！』女乘務員說：『電車像跳起來一樣，一下子就開跑了。』我問她：『您的控制器放在幾？』她說：『六！』這下子我也了解了，把頭俯在膝蓋上……」

「這些女人哪！」老闆說。

「是啊，後來我慢慢地朝前走，預感到十字路口會有一大堆人。可是一個人影也沒有。只有一個轉轍員從棚裡探頭探腦地問：『科諾巴塞克先生，六路車哪兒去了？』他罵罵咧咧地盯著我說：『你幹的好事！檢查員就在我身旁。我們兩人當時都看見了！違章操作，電車上沒有人，車卻向前開起來了！』檢查員說：『我還以為我瘋了！』他捏著拳頭，跳起來說：『但我知道這絕對不是做夢！』他飛快跑回多瑪什利采街。很幸運，那兒停著一輛計程車，他趕緊坐上去追六號車，到什克拉爾街附近才追上。可是檢查員一直追到比爾橋才跳上了電車，將它剎住。值得慶幸的是，十一路電車因故推遲發車，十八路電車也沒有開過來，八路和二路車也沒開來。要不然，都會撞得稀巴爛。」

「老兄，」老闆說：「我不買小摩托車了。那次事故以後，你感覺如何？」

「就像開刀被割掉了什麼一樣。」姊夫做了個怪臉說。

老闆灌了杯啤酒，對著空蕩蕩的酒店說：

「小夥子們，你們知道嗎，有人要把我灌醉！」說著，又自飲一杯，到盆裡去洗刷杯子。搖搖頭說：「哪兒的話，我不會買那小摩托車的。不買，在家裡乾等著倒楣算了。不過我從來沒害怕過。」接著他用手摸著啤酒龍頭說：「當十三路電車撞到這兒，快碰到水龍頭的時候，我一隻手護著它。等到塵土紛紛落下時，我問司機，有誰還在電車上掌握著控制器。我要對他說：『朋友，給你灌十度的，還是普通的啤酒？』可是現在我害怕了，我說了，不買小摩托車。」

「你既然那麼喜歡小摩托車，誰不讓你買？騎著它，去野外郊遊，不是很開心嗎？還可以呼吸新鮮空氣呀！」姊夫說。

「現在我想起擺在檢查人員和保險公司櫥窗裡那些可怕的圖片了。唉，真嚇人……買了車以後我就不能一大早就來高高興興喝啤酒了……」

「可是弗朗齊歇克，喝一點兒啤酒對你沒有什麼害處，反而會有益處。這樣你就可以騎著車，沒完沒了地出去兜風了。車禍嘛，總是會有的，但不一定是你呀。要是有興趣，就買吧。」

「你是這麼想的？」

「是，買吧，你有駕照，買摩托車吧。我們可以一起去利托米日採杏子，還有蘋果。」

「好，好，但要是鏈子斷了，或者後輪出毛病了，怎麼辦？到時候，想找個地方躺下，恐怕都來不及了。」

「夠了，弗朗齊歇克！假如你運氣不好，連外出撒泡尿也是危險的。在家也會扭到腳。那就算了吧。我們不當第一，也不甘落在最後。你總是也得冒點風險。最糟能把我們怎麼樣？人總是要靠點運氣的。」

「也是，」老闆說。「那我就買輛小摩托車吧。可是，你知道此時此刻我最想要的是什麼嗎？等我靜下來，再去痛痛快快地喝一堆啤酒！」說著，又給自己灌了一杯。

「我把燈打開吧。」姊夫說著站了起來。

「不用……人們會橫過街道來喝啤酒的。」老闆喝著啤酒，嘟囔著說。

他舔舔嘴唇，用水刷洗杯子。

兩位顧客走了進來，他們坐下來，一聲也不吭。

「你們去看了，怎麼樣？」老闆問。

「往上是四級臺階。」一位顧客說。

「我走啦，」姊夫說。「你姊要我去買唱片。是她在電影院看到的紅磨坊的唱片。我自己也想買《生長辣根的草地》，是穆里勞的作品。這娘們兒實在不好對付。從前一聽到管樂，就像掉了魂似的。不過，我也是這樣。後來，她又喜歡起爵士樂來。我們結婚的時候，我為斯巴達足球隊加油，瑪什卡也一樣。可過了半年，她又變了。有一次比賽，斯巴達獲勝，斯拉維亞隊一敗塗地，她在家一句話也不說，還一點聲音都不能有。弗朗齊歇克，去買輛一五〇CC的摩托車吧，如果不用，隨時可以賣掉，再買輛排氣量更大的。速度太快的車會打滑，就像我碰到的在三路和十四路電車之間被擠壓的那個胖女人一樣。如果她不是騎輕型摩托車，而是騎二五〇CC的車，那就更糟糕了。」

「您是這麼想的嗎？」

「去蒂羅卡酒店要上幾級臺階？」顧客問。

「一級也不用，從街上筆直走進去。」姊夫高興地說，往街頭走去。

一輛車從十字街口駛來。赫魯麥茨基先生又摸著啤酒龍頭，望見了十三路車的燈光……十字街那邊的車，也在朝下行駛，讓人覺得好像所有電車都要衝進酒店裡來似的……老闆離開了啤酒龍頭，向通往地下倉庫的門前跑去，一隻腳踏在門坎上，一旦十三路電車像上次那樣，他才能立即逃走……不過電車拐彎了，車燈照亮了整個酒吧。

赫魯麥茨基先生隨後又給自己灌了一杯啤酒，喝完以後說：

「這兒的啤酒好，我以後還要到這裡來。」

他走了。燈也亮了。

芸芸眾生

猶太教堂院裡，有幾株刺槐，夏天開花的時候，像飄雪花一樣。今天清晨，這雪就飄個不停。籬笆旁邊有位婦女用斧子砍開裝南國水果的木箱。然後將一塊塊木板平放在嬰兒車上。教堂的後面有一個擺放過期的舞臺裝置道具的廢墟堆。那裡的東西是連業餘演員也不願意撿回去的：上面塗了些下流圖畫的維納斯石膏像，通不到任何地方的臺階，破碎了的鏡子，沙發彈簧，還有海草之類的東西。由於風霜雨雪的侵蝕，那些玩意兒又重新滲入地下，變成了腐殖質。還有生鏽的釘子和玻璃碎渣。雜物堆上的有些東西，人們可以憑想像將它當作某種物品。劇場工作人員到這兒來小便時，他們先是猜測，接著就爭論，最後舉出證據，說這是熱帶森林的樹枝，那是《溫莎的風流婦人》[1]的床板。頑童們用彈弓幾乎打破了所有玻璃窗，刺槐的枝椏就伸進教堂裡來了。而有些廢棄的道具又從破碎的窗口伸到了院子裡。

不過，這兒最美的還是聖誕節之前。每一年都像今天一樣，在這兒賣聖誕樹，滿地擺著雲杉和針葉松。買的人舉起樹枝，使勁往地上一放，讓枝梗張開，看看這雲杉是不是漂亮，枝梗是不是太稀。今天從早上起便大雪紛飛，整個院子散發出針葉松的味道。

舞臺布置師傅在到達猶太教堂之前，以教訓的口氣說：「米爾頓，人最棒的一個特徵就是記憶。我記憶力差，就靠圖片、記事本和捲尺來幫忙。」

「我了解，」米爾頓承認：「但是我擔心，大自然本身不讓我這樣富於幻想、有點神經質的人使用捲尺。」

「得了吧！」

「真的。每當我回家的時候，直到看到我們街上沒有消防隊，我才鬆口氣，心想：『家裡沒有失火。』走進屋子時，如果臺階上沒有淌水，我就想：『這很好，說明我沒有忘記關水龍頭。』只有當我看到收音機沒有燒壞，聞不到煤氣味時，我才完全放心。」

「我的記憶力可是好極了。如果出了故障，我就將它全寫下來。不然，要記事本做什麼用？」

「您說得對，只是我還沒找到一本記事本。」

「米爾頓，你說其他什麼都可以，但就是不要這麼說。我知道，你的記憶力跟我一樣好。你只是故意這麼說的。把鑰匙給我吧。」

「什麼鑰匙？」

1 編註：《溫莎的風流婦人》（*The Merry Wives of Windsor*），莎士比亞所著之喜劇。

「昨天我給你的，那個小教堂的鑰匙。」

「我沒有鑰匙。」

「米爾頓，把鑰匙拿出來！」

「我昨天已經給你了。」

「真的嗎？那可能在劇院裡。」

「在你櫃子裡。」

「好，你在這兒等著，哪兒也別去，免得我等會兒還得找你。」

「可是，師傅，鑰匙會不會在你衣兜裡？」

「在這兒！」師傅樂了。將手伸到口袋裡，馬上走上臺階，打開那扇鐵門。上面全是鐵鏽和地衣，形成一幅烏雲滾滾的圖案。

打開鐵門的時候，教堂天花板的泥灰紛紛落到地上。師傅進去時被弄得滿嘴塵土。他們從旋轉樓梯登上陽臺，那兒堆滿了已經不再被用來演喜劇的道具。厚厚的塵土使那些東西顯得神祕而莊重。

「今天我們要清點一下這些東西，你可得注意看著我往哪兒登記。米爾頓！」師傅說。

「為什麼？」米爾頓有些不安。

「為什麼？假如我一下子死了，或者生病了，你心裡要有個譜。你知道，每件家具都有一張照片。這樣不是很好嗎？」

「如果您覺得這樣比較好的話……」米爾頓說著去搬縫紉機。

「那是《被盜的布拉格》[2]劇中的道具。話說回來，米爾頓，是誰給你想出了這麼好聽的名字？」

「媽媽。」米爾頓回答，用下巴示意腰部：「媽媽懷我的時候，看到一本書，名叫《失樂園》[3]，她自言自語說：『要是生個男孩，就取名米爾頓……』那部縫紉機是二十二號。」

「對，米爾頓，你有看到這些吧？假如我有不測，你就用紅鉛筆在單子上把這勾掉。你讀過那本書嗎？」

「沒有。」

「可惜。說不定你媽媽也有個失樂園。」

2 編註：《被盜的布拉格》（*Ukradená Praha*），奧地利、捷克作家、記者埃貢·基施（Egon Kisch）所著之三幕喜劇。

3 《失樂園》（*Paradise Lost*），英國詩人米爾頓（John Milton）的長詩。

「可能有過吧。跟我……可是師傅，我是不讀書的。」
「真遺憾！米爾頓，你到劇院來工作以前是做什麼的？」
「分揀草藥的。」
「你放棄了那個職業？」
「我常把味道搞混，因為聞的味道太多。」
「所以你就不做了？」
「對。另外，還因為我總是落後一個季節，菩提樹開花了，採集的人給我送來乾燥的忍冬和水田芥。桑樹花開了，他們才給我送來萊姆花，總是晚一個季節……但您知道，他們把登記號釘到哪兒嗎？我腿上！」
「這不可能。」師傅說。
「那您看看吧！」
「這真丟人！一顆《無名之星》[4]！」師傅生氣了。他將小桌子的圖片拿給米爾頓看，用紅鉛筆在紙上劃掉說：「這兒冷得很，對吧？」他朝破窗口走去，將手伸到窗外飄飛的雪花中暖和一下。

「您的記憶力真好。」米爾頓驚奇地說。

「這是練出來的。你要是像我一樣，長期在劇院工作，看到一些雜七雜八的玩意兒，馬上也會知道，什麼時候、什麼地方、演過什麼戲。米爾頓，我不是吹捧你，你對這些道具也會有感覺的。只要你願意就行……你不朝前闖闖看嗎？」

「我已經是這個樣子了。在所有的事情上都落後整整一個季節。大家已開始理時髦的髮型，我還留中分頭、抹油。他們穿緊身褲了，大衣裹得像酒瓶，我卻穿大腿褲，墊肩上衣。他們騎摩托車兜風，我還是步行外出，像傻瓜一樣摘矢車菊。人家早結婚成家了，可我在不久前才談戀愛、結婚。」

「你結婚了？」

「沒有。那張鐵椅是二二〇號。」

「是《鰥夫的房產》[5]中的道具。現在不管它，到這兒暖一暖手吧！室外真的要暖和一

---

4 編註：《無名之星》（*Steaua fără nume*），羅馬尼亞劇作家、記者、小說家米哈伊爾・塞巴斯蒂安（Mihail Sebastian）於一九四二年創作之戲劇。

5 編註：《鰥夫的房產》（*Widowers' Houses*），英國、愛爾蘭劇作家蕭伯納（George Bernard Shaw）之劇作。

點兒……你妻子賢慧嗎？」

「她是位浪漫天使。她父母曾經很有錢，可現在她家的別墅變成了教堂。我和特露妲一起去那兒看過。在一個星期天，人們正沿著臺階往上走，在他們從前的別墅裡唱〈走近救世主吧〉……還演奏管風琴。特露妲倚在鐵絲欄柵上微笑著，小聲對我說：『從前我們是五個人住在這兒，現在這麼多人……這很好，很好……』」

「真的嗎？」

「真的。我們還到耶塞尼克瞧了瞧。我太太的父母在那兒曾蓋有別墅……我們站在籬笆外面。三十個小孩從裡面跑出來。女教師坐在草地上給孩子們讀童話故事……特露妲對我說：『真可愛！過去我們只有五個人，如今是三十個小孩……米爾頓，現在我比從前富有多了……有教堂，裡面有人唱歌；有幼兒園，老師給學生朗誦童話……米爾頓，我覺得這樣很好。』這是特露妲在耶塞尼克對我說的。咱們接著幹活吧？」

「等一等……當然，我看得出來，你對道具感興趣，我很高興。但現在我要給你說說我的小房子的事：二十五年前，我曾暗自說過要在一塊空地上蓋所急用的小房子。為此，我到建房局去報告。那裡的一位負責人說：『那怎麼成！不能建房，因為有條公路要經過您那塊地。』我說：『要是我把房子蓋起來了，你能拿我怎麼辦？』負責人說：『那就把您關起來！』我又問：『關多久？』他回答：『半年！』我琢磨了一下，拿起帽子說：『我接受。』說完我就走了。那負責人跑出來追我，站在臺階上對我說：『我們會把您的房子拆掉！』」

舞臺師傅對著猶太教堂的小窗口大聲嚷道，下面買聖誕樹的人抬頭張望，可是看不清，厚厚的積雪將窗子堵住了。

「夫人是做什麼的？」師傅問。他回想過去，就像欣賞現在一樣。

「她是櫥窗設計師。可是在所有事情上，她總是超前一個季節。人們還穿著冬天服裝的時候，特露妲已經用綠油油的樹枝和金色太陽圖案布置櫥窗了，裡面的模特兒也穿上了春裝……當大家還在春雪裡蹣跚而行的時候，我那位可愛的夫人已在櫥窗裡擺上了男女游泳衣，還布置了一條『夏天何處去』的橫幅……我們和特露妲在伏爾塔瓦河游泳的時候，她已經在櫥窗裡擺上葡萄葉子和樹枝、落葉，給女孩蠟像穿上長絨毛衣和花呢外套了……」

「米爾頓啊，你這是從什麼書上讀到的吧？」

「我說的是事實！您想知道嗎？明天您去看看她吧。她準在櫥窗裡擺著絨衣、皮襖、羊絨衣，布置成一幅冬天的景象！而且，同時還會有尼龍內衣和舞會[6]服裝……因為特露妲已經在過一、二月了。她還對我說過，小時候，姑娘們玩洋娃娃，可她已經在想第一個如意郎君了。她一有丈夫，馬上就想生孩子，總是超前行動。這就是我的寶貝妻子。怎麼樣？」

「是這樣啊。米爾頓，我們還是來清理道具吧。但要讓您知道，我是何許人物，就讓我把話講完。我蓋房子的時候，正在做木栓和門窗。那建房局的人跑來對我說：『我是來通知您的，我們要拆這棟房子！』我聽得清清楚楚，但還想設法挽救，就問：『您說什麼來著？』他又鄭重其事地再次宣布要拆掉我的房子。我就舉起斧頭，大吼一聲：『您再說一次！』那傢伙連忙用手攔住我，一個勁兒往後退，兩眼直盯著我的斧頭。我大喊一聲：『您想幹什麼！』他仍舊一個勁兒往後退，扶著門閂說：『我們不拆您的房子了。』接著打開門，溜之大吉。至今那座小房子還安然無恙！」舞臺布景師傅大聲說罷，雙腿張開，站在樓廳上，像個勝利者那樣神氣。

「做得不錯嘛。房子是您自己建起來的？」米爾頓說，推來一個大藤筐。

「是的。假如有誰要弄走我的房子，我就把他踩扁，把他踩扁！」師傅威脅說。

「這我相信您……可是這個筐，他媽的，太沉了。」米爾頓說著，用膝蓋把筐頂到箱子旁邊。

「是約翰・法斯塔夫爵士[7]。人偶。」

「一〇六號。」

「我記下了……這兒是，啊，是圖片。現在我可要讓你高興高興。米爾頓，我們說定了：你管道具，所有這些東西就是你的了，由你來掌握它們的鑰匙。」師傅愉快地說，指了指滿是灰塵的寶貝玩意兒。

「我很高興。」米爾頓說：「但我要是一下子把它們都燒掉了呢？」

「我也每次都想這麼做，」師傅說：「但你是不會燒的。因為你有自覺。在劇院幹活，每個人都該管點閒事。如果夜裡不從床上跳起來查看一下，就算不上一個好的劇院工作者。你有沒有注意到，世界上最大的災難大多是好人幹出來的？」

「這我不知道。」

6 捷克風俗，在春冬之交舉辦各式大型舞會。

7 編註：約翰・法斯塔夫爵士（Sir John Falstaff），莎士比亞劇作《亨利四世》和《溫莎的風流婦人》中的人物，是個嗜酒成性、愛慕虛榮的自大騎士。

「那我就給你講講吧。但我們在清點道具，米爾頓，我們可能犯了一個可怕的錯誤，因為我們總想弄得有條有理。你有沒有看到我的鉛筆在哪兒？」師傅問。又將手伸到風雪中取暖。

「我們是從掘墓人那裡到這兒來休假的，對吧？」貝達爾先生說。他是草藥公司職員。清晨六點鐘，他到了馬里揚斯克。他將妻子給他買午飯的五克朗馬上用去買了芥末來抹麵包，然後從一張桌子走到另一張桌子旁，直到有人買了他的小吃。貝達爾先生馬上用這點錢買了藥草酒。當他身上再沒有一個子兒的時候，便自我安慰說：「現在即使我爬到樹上，也不用擔心需要在地上尋找什麼了……為什麼？」他立刻自我回答：「因為我們是從掘墓人那兒來度假的。」隨後他才去幹活，分揀洋甘菊和車前子。他心裡卻在盤算，今天能找到誰來想方設法借點錢。跟他一起幹活的人不再借錢給他。貝達爾先生在酒店賒欠太多了。他只好乘電車到有人認識他的地方去吃小吃。侍者給他上酒，和他就付錢的問題爭來扯去，最後答應讓他欠帳。「這是個怪物，也是個社會問題。」他的上司談起他的時候這麼說，這當然也是為自己辯護。貝達爾先生則在角落裡拉著客人的袖子，指著他那正在喝酒的上司輕聲說：

「他這又是賒的帳！」今天，貝達爾先生乘電車去拜訪他的朋友米爾頓。他們兩人常在一塊兒分撿草藥。

貝達爾先生下了車，走進劇院旁邊第一家飯館。

老闆從廚房端出一盤炸小香腸，停在門口，朝廚房大聲喊道：「這一份又得由我來墊錢了，無賴餓鬼來了！」他用腿將門推開，走進大廳。

他將小香腸分送給安裝工人，說：「先生們，祝你們胃口好！」

昨天，安裝工人們第一次在修理的鍋爐下泡得一身水的時候就說過，鍋爐冒氣的時候，有人會祝他們胃口好，這是個好兆頭。他們吩咐說：「那我們斟滿兩杯，給那位先生也倒上一杯。」

「當然，當然……」老闆一字一字地說。但當他走出大廳時，從關著的門縫裡，聽見安裝工人們在唱歌：「月兒溫柔地吻著伏爾塔瓦河……」他便大聲嚷道：「強盜們，亂叫什麼？誰給你們付錢？還要用我的錢供外人喝酒，呸！」他吐了一口唾沫，用拳頭往門上一擊，又從褲袋裡掏出錢包，找到了帳單，抖動了一下，罵罵咧咧地說：「已經欠了七十克朗，還在大呼小叫地要酒喝。誰來付錢，誰？」他瞪著兩眼指了指帳單，將門關上了。他摸摸臉上的皺紋，微笑著走進酒吧櫃檯，聽了一會兒歌聲說：「那些小子嗓門倒還不賴，對吧！」

郵遞員身穿羊皮衣坐在爐旁說：「簡直像一群牛在哞哞叫。我們還是走吧！」說著，指了指窗外綠色的郵車，「郵局只接受十五公斤以下的包裹。」

「這我們早知道了，」貝達爾先生邊說，邊和遠處的安裝工人打招呼。「用不著你們唱，還是由娘兒們來唱吧。」

「啊。」郵遞員閉著兩眼。

「要是把馬賣掉了，郵遞員做什麼去？」

「這我們真不知道。」

「我可一清二楚。讓一位女士坐在駕駛的位子上，兩個郵遞員代替驢馬在前面拉車。」

「那可不倒了楣嗎？」郵遞員吐著口水說。

「您到底想做什麼？」貝達爾先生好奇地問。

「想做點體面的事吧。」郵遞員說。

「我聽說，被解雇的郵遞員，不是到火車站撿廢紙，就是去斯特羅莫夫街鬼混。」

「這我也聽說過，」老闆插話說：「但有人說郵遞員送匯款的時候，得隨身帶著手槍。不知是否當真。」

「那是胡扯。」郵遞員斬釘截鐵地說。

「且慢。」老闆擺擺手，對郵遞員的話不以為然地說：「我在郵政總局可聽說過，如果郵遞員帶著錢，遭到襲擊，最好的辦法是自殺。不讓搶劫的人活捉。所以郵遞員一定得帶手槍，對嗎？」

「啊。」貝達爾先生回答說：「聽說甚至還在討論，在聖誕節期間要讓郵遞員跟警察一樣，將醉漢們像掛號信一樣安安穩穩送到家。」

「您胡扯什麼呀！這種事，首先知道的應該是我！」郵遞員指著自己說。

「您算老幾。我作為酒店老闆，已經聽說了，是天堂酒吧的經理講的。從明年起，只要我們這兒有醉鬼，就在他脖子上掛塊牌子，寫上身分證號碼和住址，郵遞員有責任把他送到家。」

「您這是在對誰說話？」郵遞員站起來。

「坐下，大叔，」貝達爾先生讓他安靜，「您必須送他，因為您作過保證的。當然，這有點違反規定。」

「是。」郵遞員平靜下來了。

老闆用桌布將他面前的碎渣抹到腳下，遺憾地說：「那些郵遞員可忙著呢。在努斯勒區修理店的皮鞋沒有人取走，郵政局長召集工作人員，命令說：『這兒有整包的皮鞋，你們拿去跟郵件一起分送吧，不收現金。』」

「是嗎？我們可沒聽說。我們到底是幹什麼的，還要去分送破皮鞋！」

「對呀！那你們想幹什麼？到酒吧去閒坐聊天嗎？」老闆感到不可理解。

「布拉格的郵遞員過得還算不錯。」貝達爾先生說：「可是在鄉下，除了送信，還要給沒有主人的狗餵吃的。這不是動物保護協會強逼他們做，而是居民們要求這麼做的。因為如果有人找不到郵遞員，只需瞧一瞧哪個巷道有一群狗，那兒就一定有郵遞員。」

「不對！別的都對，就這一點不對！布拉格怎麼樣？」酒店老闆反駁說。「先生們，如果這裡也實行那一套，我酒館周圍就會全是狗，那我怎麼辦？先生們，假如我是郵電部長，就會下一道命令，讓郵遞員至少在冬天要把馬帶到過道上來，誰知道這麼忠實的動物會發生什麼事呢？」老闆大聲說，將手一甩，把半公升啤酒打翻了。

「您是故意這麼做的！」郵遞員火了，站起來，拍去腿上的酒。

「您為什麼不脫掉外衣？」

「用不著，我只待一會兒。」郵遞員說。

「對，您在這兒不過兩個小時，」老闆說，望望窗外，顯得有幾分不高興，因為大雪裡有一個吉普賽小孩在牆上亂塗，畫滿了飛機和火箭。「我看到這種情況，就渾身發抖。這太可怕了。他是從哪兒冒出來的，每到一個地方就亂塗亂畫。還搬來椅子，爬上去站著畫。您以為，天黑了他們能讓我安靜嗎？才不會呢。他們趴在路燈下，繼續亂畫。」

「他們是孩子，」坐在角落裡的送煤工人說。「在什洛斯貝克城的退休者玩撲克牌，天黑了，他們將桌子搬到路燈下，接著玩。還有那些下棋的，將棋盤移到路燈下，把一盤棋下完。」送煤工人說著，站了起來。他背上披著皮圍裙，眼睛上滿是煤灰。他看著他的手掌說：「這三十年，我給人家背了多少筐煤啊，要是把我爬過的梯子一個個豎起來，我可以背著煤桶登上月球了。」他說著，立刻更正說：「不是登上月球，但我可以背著煤桶，踏著春天的彩虹走……我該結帳了。」

「我也要結帳。」郵遞員站起來。

告別的時候，送煤工人和老闆握手，非常熱情，一不小心，他的結婚戒指卡住老闆的戒指了。

不過老闆還是笑著彎彎腰。他跑進廚房，仔細查看自己的戒指，把手一擺，對著自己關上的門大聲嚷道：「太過分了，土匪！這我可不欣賞！」

老闆走進酒廳，用腳後跟輕輕關上門，但門又開了，瘦弱的布景工人米爾頓走了進來。

「唉……」布景工人嘆了口氣。

貝達爾先生摸摸他，拍拍他的衣袖，吃驚地說：「你這西服上衣真漂亮，英國料子。現在已經不流行了！」他拍拍米爾頓的背，又撫摸一下他的肩膀，高興地說：「好人啊，要是挨上你一拳，就像挨馬踢一樣。你這個人真不負責任，為什麼不去搞拳擊運動呢？你準能把對手打翻在地。而我絕不是你的對手。瞧你這腿多壯啊！只有雅羅斯拉夫．布格爾[8]才有這樣的腿。米爾頓，你為啥不去踢足球？你可以超過現在的前鋒！今天，你是我的客人了。老闆，請上兩杯酒，算在我的帳上！」貝達爾先生吩咐著，又對跟他一起工作過的米爾頓說：「我跟你們頭頭談到，誰是草藥公司最優秀的工作者，你猜猜，我是怎麼說的？」

「這我可說不上。」米爾頓小聲說。

「我告訴你吧……我說，你就是最出色的勞動者，你！」貝達爾先生說。好像外面有什麼事讓他感興趣。他靠近窗臺，認真地看了看大雪，又坐下來問道：「那我這個人怎麼樣？」

「看起來很漂亮嘛。」米爾頓笑著說，盯著貝達爾先生的眼睛，發現了兩團任何時候他都無法抗拒的憂傷的火焰。

米爾頓伸手到口袋裡取出最後的十克朗，交到朋友手裡。那朋友很快接下，塞進自己兜裡。

「快過節了……」貝達爾先生滿懷歉意地說。他先乾了一杯，接著，在米爾頓允許下，又將米爾頓的一杯也喝進肚裡。「我該走了。」說罷就站起身來。

「這邊都由我來付。」米爾頓指了指說。

「要開發票嗎？」老闆問。

「開。」布景工作者打著呵欠說。

---

8 編註：雅羅斯拉夫・布格爾（Jaroslav Burgr），捷克足球後衛。

貝達爾先生把手伸給老闆，握著他柔軟的手說：「您的酒店不賴，我要把它記住。每個酒店都有人能講出幾句只能從科學書本上才能得到的東西。在平卡斯酒館，一個顧客對著啤酒哭著說：『徹底的破產意味著真正的受教育。』在金晃酒吧一位法官說：『用垃圾編織不成鞭子，即使編成了，也甩不出響聲來。』戈爾切弗卡酒館裡一位拉手風琴的顧客說：『真正的男子漢總帶幾分醉意，稍微有點兒傷風，身上總是有點尿騷味。』兩位老祖母酒吧裡，一位戴眼鏡的大學生說過：『現代藝術就像雞的眼睛裡有一粒麥子，麥子裡又長出了黑穗菌癭。』快樂酒樓裡的一個小個子乘務員說：『卑賤感是對人的歌頌。』金棕櫚酒館一個戴夾鼻眼鏡的年輕人說：『不論我講了什麼，我都能立刻將它推翻掉。』蒂卡爾卡酒店裡一位女管理員說：『粗野的話是針對粗野行為的一種精闢的禱告。』白羊酒館的女店員說：『在人口這般密集的大都市，我卻如此孤獨。』天使酒吧裡的一位牛奶店店員說：『現代化的人們卻開始步行了。』申弗洛克酒館一位小姐說：『深刻的感受無異於一所大學圖書館。』這些聯珠妙語不錯吧？每個酒館都曾有過一些出色的話語，而且還都正在說著，對吧？」

「在我們酒館裡，您記住了什麼話？」老闆問，一直拉著貝達爾先生的手。

「你們酒館那位送煤工人講的：『假如將他爬過的階梯疊起來，他可以背著煤桶登上月球。』這句話我到死也不會忘記。好，我該走了。」

貝達爾先生告別時，流出了眼淚。

他走了之後，酒館老闆指著窗口說：「真是個很可愛的人，對吧？」

拉斯科爾尼科夫從交響樂團走出來。他將手放在胸前，自言自語說：「今天我要幹一件大事……」他走到戈羅赫街一座院子裡。二樓上，伊凡諾夫娜的房間亮著燈。她是個放高利貸的，也是一個中介商。

米爾頓這時坐在舞臺後，索涅奇卡的床上。布景工巴久切克緊挨著他坐著，心裡很難受。為了不去想它，他喃喃說：「有一回，聖誕節前，就像今天一樣，我們解剖了一個自殺的人。上校大夫洗手後說：『巴久切克，這個袋裡裝著士兵費加爾的心臟。你要注意，那是顆特殊的心臟，今天你將它直接送到依拉塞克教授那兒去。』這我很熟悉，就說：『一定辦到！』我拿起麵粉袋裝的心臟，它可真不小，有點像小孩的腦袋。我直奔查理廣場，問傳達室的人：『伊拉塞克教授來了嗎？』門房說：『教授還沒有來！』我於是進了對面的黑啤酒館。」

電工站在椅子上檢修聚光燈，怕它故障。接著沿梯子下到舞臺後面，從暗處走到床邊，小聲說：「您夠心煩的吧！」

「還行。」布景工人巴久切克說，又繼續往下講：

「在黑啤酒館，我認識了一個名叫尤爾達的人，金黃頭髮，額頭又大又扁。那人說，有一次，冷藏櫃中的壓縮機爆炸，他差點一命嗚呼。人們給他舉行了最後的塗油儀式[9]……他告訴我說：『老兄，可是我在醫院裡又醒過來了。身旁點著蠟燭，頭頂上有長著翅膀的人影，一會兒我就明白了，是修女們在為我祈禱。我問：「他媽的，我在什麼地方？」修女們去請主任大夫。主任大夫叫人去找伊拉塞克教授。兩人來了之後，站在我身旁。主任大夫說：「教授，這小子又活過來了。」可教授說：「他反正是垂死的人了，想吃什麼，就給他吃吧！」我也意識到自己在漸漸死去，就說：「想喝一瓶干邑。」他們給我送了來。我一口氣喝光，就不省人事了。早上醒過來就說，我想再喝一瓶，第三天又喝了一瓶……我已經能看見光亮了。伊拉塞克教授再次到來，查看我的頭部說：「很好，他都吸收了，繼續給他干邑。」喝了十三瓶以後，我站起來了。伊拉塞克教授真是妙手，能起死回生啊！』尤爾達給我說了這些。我對他講：『尤爾達，堅持住，現在我來給你講點事兒。』我告訴他，我帶著士兵費加爾的心臟，到伊拉塞克教授那兒去。那個士兵是因為不幸的愛情開槍自殺的。不過我不該講這些，因為尤爾達一直很好奇，是不是可以從那顆心臟上面發現愛情的痕跡。可是我說：『尤爾達，我在執行公務，不能給你看。』尤爾達唧唧咕咕，要我至少讓他提著袋子，反正他也要和我一道去伊拉塞克教授那兒，感謝教授的妙手回春救了他一條命。為此，我們又各喝了三杯干邑。」

舞臺上，拉斯科爾尼科夫離開了女高利貸者，自言自語說：「人們最擔心的就是那第一步，第一步……」舞臺的燈滅了。褐黃色的布幕緩緩升起。布景人員躡手躡腳地登上舞臺，擺好桌子，放上油燈。黑天鵝絨裡面露出道具管理員綠色的後腦勺。他張開雙手，走過舞臺，悄悄地問：「斧頭在哪兒……同志們，我心臟病快發作了……真嚇人……」說著，慢慢吞吞地朝後到紫羅蘭般的暗色中去了。

聚光燈照亮了舞臺，首席顧問馬麥拉多夫舉起酒瓶說：「先生們，我是公務員……」

布景工作者巴久切克的雙手放在膝蓋上，接著說：「我們又喝了一杯干邑後才上路。尤

9 给臨终前的人舉行的一種基督教儀式。

爾達扯淡說，等我們出了醫院，他要把他妻子介紹給我認識，說她是那麼喜歡我，每次我人去拜訪時，她立刻就換衣服，還說：『孩子他爸，我去買豬排，做大理石蛋糕……』可你知道嗎？尤爾達說：『醫院反正不會跑掉，我們先去斯特羅麥奇酒店站一會兒，等到沒有人的時候，讓我瞧瞧那袋裡的心臟。』這樣，我們就朝前走。尤爾達一直聽那心臟有沒有動靜，還像搖鬧鐘一樣搖晃它。我告訴他，這完全是白費勁，心臟早已冰冷了。但尤爾達還是覺得那心臟總是被那女孩愛過的。他相信，如果用刀子插進去，裡面一定會有什麼圖像……」

舞臺上，總顧問馬麥拉多夫對拉斯科爾尼科夫說：「……我女兒索涅奇卡帶著黃皮包走了，我呢，喝醉了酒躺在這裡……」他抓住自己的心口。

「米爾頓，」巴久切克咳嗽著說，「你覺得，伊赫拉瓦隊今天會踢得怎麼樣？」

「他們很被看好。」

「被誰看好？」

「軍人。」

「你估計會怎麼樣？」

「得個一分。」

「我也這麼看。奧帕瓦就是不怎麼樣，對吧？」布景工人說，全身都出汗了。

總顧問馬麥拉多夫大聲喊道：「可每個人都應該有個可去的地方啊！」

布景工人巴久切克摸摸自己的身子說：「我們就這樣到了斯特羅麥奇酒店，要了兩杯干邑。喝完之後，老闆問：『還要兩杯嗎？』我站起來說：『什麼還要兩杯？我們要趕忙去醫院。時間已經不早了。』等我們趕到醫院，門房說，教授要給一個人做兩個小時的手術。這樣一來，尤爾達又開始嘮叨了，說什麼等我們去他那兒，會看到他老婆如何裝扮聖誕樹，為我們溫酒，又如何如何去做肉排、大理石蛋糕。他這樣描述了一番才算了事。」布景工人巴久切克站起身來。拉斯科爾尼科夫在暗淡的燈光下拖著醉醺醺的馬麥拉多夫，隨後燈光全暗下來。布景工人將木箱、木桶之類搬到院子裡。

聚光燈像隻獨眼龍一樣照著院子，消防隊員在大門邊上打瞌睡……頭越來越向下垂，彷彿是被光線壓下去的。只要哪裡火光一閃，消防隊員便撲通一聲滾到舞臺上去。

「要叫醒他嗎？」

「別管他！至少可讓他出個糗。」布景工人將手一擺。「可是那邊那一位也不會有好下場的。」說著指了指管道具的。那個已經找到皮製的斧子，拿在手上站在角落裡。等時間一到，好將它交給拉斯科爾尼科夫。「米爾頓，那個道具工都做了些什麼，你知道嗎？第二幕，該由他把點燃的蠟燭交給索涅奇卡，可是，到了只差一分鐘的時候，他卻在口袋裡找不到火柴。」

「『請問，誰帶著火柴？』他問，可誰也沒帶。有火柴的人，又想等一等，看會出什麼事情……索涅奇卡伸出手來，道具工將一根沒有點燃的蠟燭遞給了她。索涅奇卡用手遮著火光，因為這是在演戲。本應靠火光照亮進來的人的面孔，好讓她能看見他。可是，壓根兒就沒有燭光啊……道具工嚇呆了，踉踉蹌蹌跑了出去，喃喃地說著：『糟了……糟了……我的心臟……』演員們因此樂得不可開交，我也十分開心，但伊赫拉瓦隊踢得怎麼樣？」

「怎麼樣？」米爾頓說：「很明顯，杜克拉隊領先……當然，這是比賽，很大程度上要看天氣。」

「是。」

「我認為會好的，不過得去那兒瞧瞧才知道。還有時間嗎？」

「等一等。」布景工人巴久切克說，從天鵝絨布幕的小洞孔看看舞臺，又說：「你去吧，拉斯科爾尼科夫剛剛整了那些娘兒們，正在桶裡洗手，時間多得很。」

「那我去了。」米爾頓說著，離開後臺，摸著牆走到門口。

他按一下門閂，門半開了。

天空呈玫瑰色，空氣柔和。對面二樓上一間暗淡的房裡亮著電視，像一輪藍色的月亮。山丘後面，傳來火車站調度車輛的聲音……第三十六股道。

米爾頓關上門，返回去，坐在床上。

布景工人巴久切克耐不住寂寞，小聲說：「當我們去尤爾達那裡，果真有個女人在布置聖誕樹。她一見到我們，就大叫起來：『你們兩個惡徒！嚇死我了！你把錢弄到哪兒去了？』接著又衝著我嚷道：『你看，你是怎麼折騰他的？你是個下流的傢伙，我去叫警察！』我擺脫尤爾達，提著那心臟，腳底抹油，溜了。趕到查理廣場時，門房向我打手勢說已經晚了，聽說教授先生又乘汽車到哪兒去了，已經不會回來……可是，米爾頓，外面怎麼樣？」

「火車響聲更密集了。」

「有下雨嗎？」

「有一點。」

「那好……」布景工人憂鬱地說。舞臺那邊，長笛正奏著義大利歌劇中歡快的旋律。

「伊赫拉瓦市運動場有棚頂嗎？」

「不知道。」

「我出去看看天氣。」布景工人說。

他摸著牆走，打開門，在藍中泛紅的夜裡，他望了望，朦朧的雪天有點兒發黃。街道那邊的猶太教堂卻像黎明前的楓樹林一樣黑暗。正門前的聖誕樹一堆一堆。一隻無家可歸的母狗西瓦爾爬起身來，牠是牧羊犬和聖伯納犬的混種。母狗從小過道走到大門口，腳爪下的積雪沙沙地響。有人把手伸出大門，伸手撫摸那母狗。牠轉向門外走去，等待清晨第一批生意人，等著買東西的婦女丟給牠一點殘羹剩飯。牠從一個小攤走到另一個小攤，一直到達前面的十字街才躺下打盹，下午再跑過來，晚上好待在猶太教堂外面。牠就這樣過了十年。有一回，牠身上生了潰爛，街坊的人送牠到維利大夫那兒治病。

布景工人巴久切克這時看到牠在雪地上走得很起勁，也許是要去大門前躺下，做那種有人被判絞刑和朝聖者被掩埋的美夢吧！

布景工人關上門回去了。

他說：「我大概會過個愉快的聖誕節，就像我從醫院帶著一顆心臟回來一樣。我說：『上校先生，教授不在，那顆心臟在這兒。』上校大夫看了看袋子，大聲嚷道：『你這個笨蛋，這顆心已經腐爛透了！』我於是把那顆心取出來，送到鍋爐旁，往火裡扔去……但現在我知道了，伊赫拉瓦運動場沒有遮棚，在一團爛泥裡，奧帕瓦隊可要倒楣了……真有場好戲看。我的希望是，花上兩百三十克朗，中個彩券，就萬事大吉了。」

索涅奇卡．瑪麥拉多娃，金黃的辮子，頭上載著飾以人造櫻桃的草帽，向拉斯科爾尼科夫欠身鞠躬，彬彬有禮地問道：「能勞駕您出席葬禮嗎？」

譯後記

這部短篇小說集《底層的珍珠》，是一部從內容到形式都十分奇特的作品。是在一九六三年，作者年近五旬的時候出版的處女作。他的小說一問世，就引起了強烈而複雜的回響，在國外也受到了廣泛的注意，被譯成了二十多種文字。

赫拉巴爾這部短篇小說集的主人公大都是一些普通平凡的人。有鋼鐵廠工人、廢紙回收站工作人員、劇院布景工作者、保險公司職員、教堂看門人，還有退休工作人員等。用作者的話來說，都是生活在社會底層的普通老百姓，屬於「不受人重視的第四等級」。小說充分表現了他們坎坷的生活遭遇、喜怒哀樂、心理素質、性格習慣、對現實的看法和未來的憧憬。作者從他們身上發現了人的美，找到了「心底的珍珠」。作者長年和他們一起生活，熟悉他們的一切，深深地愛著他們，成為他們的知心朋友。作者說，他跟鋼鐵工人一起幹了四年活，使他本人也發生了重大變化，從一塊廢鐵煉成了合金，也就是普通的鋼、普通的人。

他願長期和工人們生活在一起，不打領帶，不穿禮服，過著平凡樸實的生活。從小說中我們看到，作者筆下的眾多人物都有著普通人的一顆善良的心。埃曼尼克，儘管愛和一位年近花甲的老婦調情，可他在戰爭年代，曾冒著生命危險，以極大的勇氣和毅力，用小車將一位受迫害的猶太姑娘從德國納粹集中營拖到捷克，救了她一條命。鋼鐵廠的工人們，平日彼此之間打趣鬥嘴甚至譏笑幾句，搞些小動作惡作劇，彷彿不甚尊重，但在工廠發生重大事故的緊急時刻都心急如焚、奮不顧身爬進注槽裡去尋找他們「可愛的小夥子」。他們平時的言談行動之中，時時表現出聰明睿智、幽默機警，不時流露出富於哲理的思想和作為人的基本品德。但作者筆下的人物既有美的一面，又有醜的一面，美與醜、善與惡、希望與恐怖、溫柔與殘忍，往往交織在一起，有時達到極端的程度，處於尖銳矛盾之中，使人看了感到揪心。小說中有位平時表現溫和且樂於助人的司機，竟是個殘忍的偷獵者。他像冷血動物一樣，心安理得，不動聲色地殺害了一隻小鹿。作者描述時顯得似乎很平靜，但可以感覺到，他是噙著淚水寫出來的，這比譴責、批判更深刻，更牽動人心。

　　書中的這些普通人，正因為作者非常熟悉他們，自己就是他們中的一員，才這樣深深地愛著他們，以他們之憂為憂，以他們之樂為樂，從而對他們表現出來的劣行衷心憂慮。在我們欣賞這些人物美好、善良、樸實、仁愛的品性時，有時不免會感到作品中流露出來的一絲憂愁，這更增加了作品的感染力。

在藝術手法上，作者的小說堪稱一奇。他自稱他不過是「事實的記錄者」、「對話的剪裁者」。他說他記錄了成千上萬人的對話。他小說的主要表現形式就是對話、獨白，也就是所謂敘家常、聊天，但他又不是傳統意義上的小說家、敘事者。他的作品，構思新穎、結構奇特。現在和過去、事實與幻想、真理與荒誕交織在一起，使人感到似熟悉、又生疏；既明白、又晦澀；有的人物事件，彷彿就在眼前，但忽而又遊移不定，可望而不可及，讓人難以捉摸，產生一種神祕感。他筆下的有些人物，彷彿帶有幾分離奇怪誕。其實，這正是國內外評論家一致公認的赫拉巴爾的一個突出的獨特之點：他用他自己創造的「巴比特爾」[1]一詞概括出來的一種特殊類型的人物形象奉獻到了世人讀者面前，他們愛滔滔不絕地神聊，喜歡聯想和誇大。他們的言語與行動有時像瘋人、像小丑，但卻閃爍著智慧和美的光芒，這自然

1 巴比特爾（Pábitel），是赫拉巴爾自己創造出來的詞，在任何一本捷克文字典中都無法找到。有人將它評成「神聊家」（單數）或「神聊族」（複數），有人將它譯成「中魔的人」，或「快活神」，見仁見智，各有千秋，但左思右想仍覺不盡人意，概括不了這類人物的全貌，故暫且將它按音譯成「巴比特爾」，也好給讀者留個自由想像的空間。

讓人聯想起捷克著名幽默大師，文學巨匠哈謝克（Jaroslav Hašek）和他的《好兵帥克》（*Osudy dobrého vojáka Švejka za světové války*）。

關於如何去理解這部採用了「蒙太奇」及「極端寫實主義」手法的小說集，作者本人有過這麼一段話：「《底層的珍珠》不是關於一顆家裡的珍珠掉到枯井底層的故事，也不是寫一個名叫珍珠的人處在無援的底層的事情。《底層的珍珠》亦非在字面上或言外之意中包含什麼寓言與象徵的作品，更不用說在每篇短篇小說的結尾有什麼事先安排好的，畫龍點睛的要旨。確切地說，我在《底層的珍珠》中將珍珠挪到了書底之外，我更希望的是讓讀者考慮人們時而進去、時而出來的這些短篇小說的反光鏡，彷彿我們與他們同路坐了一段電車，然而透過他們的談話片斷和幾個舉動便幾乎得知一切。」

譯者多次閱讀赫拉巴爾的小說，從生疏到逐步接近，從不理解到有所領悟，從無興趣到喜愛，但這只是開始。我願與讀者一道深入細緻地去發掘作者這些人物心靈底層的珍珠！

萬世榮

二〇〇一年夏於北京

國家圖書館出版品預行編目(CIP)資料

底層的珍珠 / 博胡米爾 . 赫拉巴爾 (Bohumil Hrabal) 作 ; 萬世榮譯 . -- 二版 . -- 臺北市 : 大塊文化出版股份有限公司 , 2024.12
272 面 ; 14 x 20 公分 . -- (to ; 29)
譯自 : Perlička na dně.
ISBN 978-626-7388-87-7（平裝）

882.457　　113004245